Eternity
Acrylic on canvas

내 안의 어처구니

내 안의 어처구니

이정숙 수필집

수필과비평사

Breath
Conté on paper

글은 곧 내 삶의 어처구니

첫 딸을 낳고 두 번째 또 딸을 낳았을 때 차라리 낳지 말 것을 하는 불편한 심기가 한참 갔다. 첫 수필집을 내고도 똑같은 가슴앓이를 했다. 작품에 대한 미흡함이며 표지까지 마음에 드는 것이 하나도 없었다. 책은 몽땅 찍었지만 흉허물 없는 사람 이외에는 부끄러워 내보이지를 못했다.

글에 대한 실망감으로 근 1년 가까이 한 편은커녕, 아니 단 한 줄도 쓰지 않았다. 글이라면 읽기도 싫은 그런 현상이 나타났다. 그러나 시간이 흐르다 보니 내 둘째 딸이 금쪽같은 자식이듯 성에 차지 않는 책이지만 내게 소중한 자양분이었음을 알게 되었다.

다시는 한 줄의 글도 못 쓸 것 같은 절망의 끝에서 생김새가 각기 다른 화두의 개념들이 머릿속을 떠돌며 차고 올라왔다. 쓰지 않고는 못 배길 그런 시간들이 나에게 찾아왔다. 한 편, 한 편 글을 써내려가면서 나는 즐거웠다. 글 쓰는 것이 나의 상처를 치유하는 축복의 시간이 되고 있었다. 첫 수필집에서의 암울한 끈적거림이 이번 책에서는 누기가 빠져나가 밝게 웃고 있다.

좋아서 시작한 글쓰기가 어느 땐 짐이 되지만 글의 틀에 묶여 사는 것은 기쁨이다. 글과의 만남은 안락한 생활에 안주하려는 나를 구원하는 하나의 채찍이기도 하다. 글을 쓰지 않고 있을 때도 글의 감각을 잃지 않으려고 노력하는 내 일상이 좋다. 글을 쓴다고 사유의 세계에 갇혀 지냈던 날들을 생각해보면 고통스러웠지만 종국엔 그 시간들이 행복했다. 글을 쓰면서 내 삶이 풍요로워졌고 이젠 혼자 있어도 심심하지가 않다.

문학에 대해 아무것도 모르는 내가 글을 쓰고 책을 낸다는 것이 어처구니가 없었다. 그러나 이젠 글을 향해 가고자 하는 어처구니가 생겼다. 맷돌의 손잡이인 어처구니가 없으면 맷돌이 아무런 의미를 지니지 못하듯이 나 역시 글 없이는 내 인생을 생각하기 어렵다. 글은 곧 내 삶의 어처구니가 되었다.

그렇지만 이번 책 역시 작품이 허술하여 경첩을 제대로 달 수가 없었다. 다만 큰딸 지연의 그림을 넣어 미흡한 글이 조금이나마 보완이 되지 않을까 싶기도 하다. 쓰다 보면 화룡점정 하는 날이 올 수 있겠지 하는 마음으로 부지런히 정진

하련다. 따뜻한 마음으로 읽어주시길 바란다.

　글을 통해 많은 사람들을 접하며 지내고 있다. 나의 기쁨이 된 모든 인연들 오래도록 내 곁에 머물렀으면 하는 마음 간절하다. 변변치 않은 글에 흔쾌히 평을 써 주신 오하근 선생님, 그리고 조언을 아끼지 않았던 김형진 선생님께 고개 숙여 감사의 인사를 드린다. 또한 든든한 후원자가 된 우리 두 딸 지연, 지수와 사위들, 해결사처럼 곁에서 엄마를 돌봐주는 아들 지훈에게도 고마움을 전한다.

2012. 겨울의 길목에서

차례

책 머리에 | 글은 곧 내 삶의 어처구니 • 9

1

찬란한 슬픔 • 18
아침 풍경 • 22
우리 집 화분 • 25
건지산의 사계 • 30
무주는 별빛 같은 눈망울로 오라고 한다 • 46

2

문자 메시지 • 56
전화 오셨습니다 • 61
막무가내 세상 • 65
시내버스 • 68
끄트머리 • 72
잣대의 눈금 • 76
선입견 • 81

3

새벽의 방황 ◦ 88
잠 못 이루는 밤 ◦ 92
내 것이었다 내 곁을 떠난 것들 ◦ 95
팜므파탈을 꿈꾸는 여자 ◦ 99
우리 집에 놀러 오세요 ◦ 104
부끄러운 풍요 ◦ 109
자유로운 구속 ◦ 114

4

주홍 글씨 ◦ 120
봄, 꽃을 기다리다 ◦ 125
살아있어서 좋다 ◦ 129
있는 그대로의 그것 ◦ 133
하소연 ◦ 137
기억 저편 ◦ 141
누가 내 말 좀 들어주오 ◦ 144

5

아버지 당신은 • 152

아버지의 죽음 • 157

어머니 • 163

마지막 손 • 168

어머니의 집 • 173

한 줄의 시 • 177

결 • 181

6

목욕하는 사람들 • 188

소싸움 • 194

청타기 • 199

새벽을 여는 신문 • 206

음식 이야기 • 210

서울로 간 파리 • 217

글씨도 나이를 먹는다 • 221

또 술 많이 드시고 이승에 오시지요 • 225

작품해설 | 오하근(문학평론가 · 원광대 명예교수)

아름다운 언어로 짠 아이러니의 구조 • 235

Gonochorism (雌雄異體)

Pastel & color pencil on paper

1

찬란한 슬픔

아침 풍경

우리 집 화분

건지산의 사계

무주는 별빛 같은 눈망울로 오라고 한다

찬란한 슬픔

몇 년 동안 방치해 두었던 난이 작년 봄에 꽃을 피웠다. 그때도 뜻밖에 찾아온 손님처럼 반가웠지만 꽃이 진 뒤 기다림도 그리움도 키우지 않고 무심히 세월을 흘려보냈다. 첫 만남의 감격이 컸기에 아주 잊은 건 아니어서 가뭄에 콩 나듯이 눈길을 주었을 뿐인데, 어럽쇼, 귀띔도 없이 그는 내게로 다시 한 발짝씩 다가왔다. 그러니까 작년에 이어 두 번째 만남이다.

그는 동지섣달 꽃은 아니지만 나 좀 바라봐달라고, 나한테 사로잡혀달라고 묵시적 신호를 보내며 장엄한 호흡을 시작했다. 제구실을 다하기 위해 온 힘으로 꽃대를 밀어올리는 저 생명의 불꽃. 세 개의 꽃대에 다섯, 일곱, 열한 개의 마디

마디에 터를 잡더니 꽃고추마냥 연둣빛으로 봉긋하게 부풀어오르며 날이 갈수록 여인네 버선코 모양을 하고 수줍은 듯 금방이라도 터질 것같이 탱탱해졌다. 초록인 듯 노랑인 듯 은근한 색깔에 잡동사니 하나 없이 깔끔한 모습의 제법 고귀한 품격의 자태다.

난은 꽃을 채 피우기도 전에 아침마다 이슬을 머금고 애처로이 날 바라본다. 나는 조심스럽게 혀를 갖다 대보았다. 달착지근했다. 그 달콤함을 생산해내느라 얼마나 많은 에너지를 쏟았을까. 곧 피어날 꽃과의 만남을 생각하니 반가움이 떨림으로 밀려왔다.

며칠 후, 노랑 봄 나비가 나풀나풀 춤을 추듯 순박한 웃음으로 꽃망울들이 하나씩 벙글기 시작했다. 오늘을 위하여 먼 길을 걸어왔을 것이다. 참으로 오지게도 피고 있다. 말로는 다 표현하지 못할 속내를 꽃으로 노래하고 있으리라. 가슴에 고이는 이 두근거림, 나날이 애틋해지는 꽃. 서로가 나누는 미소, 나는 꽃과 마주하면서 사랑을 듬뿍 담은 여인이 되기도 하고, 명절을 기다리며 가슴 설레는 어린아이가 되기도 했다.

어느 땐 꽃과 사랑놀음을 하다가 잠이 들어 이튿날 일어나 보면 간밤에 나를 재워놓고 무도회라도 열었는지, 꼬마천사들이 발레를 하고 노란 참새들은 노래를 하며 꽃잎들이 박장대소 눈물까지 흘려가며 웃고 놀았는지 약간은 흩어진 이슬이 송알송알 맺혀 있곤 했다. '글쎄 요것들이, 즈떨끼리만…….' 그러나 실은 벌나비를 유혹할 수 있는 충분한 끼를 지녔음에도 스스로 제 사랑을 찾아 나서지도 못하는 베란다 화분 속의 난 꽃이 안쓰럽다. '아아 웃고 있어도 눈물이 난다. 그대 나의 사랑아.'라는 노랫말이 떠올랐다. 오늘은 창문을 열어 벌나비들을 초대해주어야지.

쉽게 피지 않는다는 난 꽃이 우리 집에서 두 번이나 함박지게 피어주었으니 이는 나와 특별한 인연 때문이리라. 그러한 인연 속의 우리 집 난을 막연히 난이라 부르지 말고 그만의 이름으로 불러주어야 예의일 듯싶어 인터넷을 뒤져보았지만 똑같은 꽃이 보이지 않았다. 잎이 셋인 다른 난과 달리 우리 난은 꽃잎이 여럿이다. 밑으로 두 꽃잎이 쳐져 있고, 그 위로 양쪽 팔을 뻗은 양 두 잎이 평행을 이루며, 가운데 꽃잎 하나는 하늘을 향해 있다. 그리고 중심 아래에 몸체인지 넓적하고 도톰한 잎이 있고, 위에는 작은 씨방 같은 것이 사람이 인사하는 양 고개를 숙인 형상이다. 돌연변이를 겪은 귀하신 몸인데 진가를 몰라본 게 아닌가 하는 아쉬움이 들었다.

그러나 꽃은 이미 다 저버리고 마지막 한 송이. 미안한 마음에 늦게나마 사진을 찍어줬다. 그럴싸 그러한지 오히려 흐드러지게 핀 때보다 마지막 남은 그 한 송이가 더 단아한 맵시를 지니고 있었다.

꽃이 피고 지는 세월 속에서 난 잎 몇 개도 혈색이 변해갔다. 우리 집 난도 살아있는 생명체이니 생로병사의 굴레를 피해가지 못하는가 보다. 작년에는 한 달 남짓 꽃이 피었는데 올해에는 기간이 많이 짧아졌다. 얼핏 든 생각으로, 이러다가는 다시는 꽃을 보지 못할까 봐 조바심이 났다. 좁은 집에 대가족살이가 힘이 들었을지도 모르니 제금을 내 신접살림이라도 차려주어야 하나. 분신을 그리워하며 몸살하지 않도록 바로 옆에 두어 서로 바라보며 가끔 손도 잡으면서 행복하게 살다가 다시 꽃을 피울 수 있게.

이제 나는 꽃이 시들어 떨어진 뒤의 허망함을 한동안 견디면서 다시 꽃이 피기를 기다려야 한다. 그 찬란한 슬픔의 꽃을, 그리고 다시 피지 않을 나의 젊음을…….

아침 풍경

여섯 시. 알람소리에 눈을 떴다. 러닝 머신을 할까 신문을 읽을까 그것도 저것도 다 뒤로 하고 잠을 더 잘까 갈등을 거듭하다가 옆 아파트 길을 걷기로 했다. 내가 사는 곳이 아니어서 좀 그렇지만 푹신푹신하게 닦아 놓은 길이 걷기에 좋은 곳이다. 아파트 한쪽은 논과 밭이 있어 공기도 상큼하고 눈요기 또한 훌륭한 도심 속의 농촌 풍경이다. 가끔 가다 맹꽁이 소리도 나고 어디선가 새소리도 짹짹 들린다. 어느 날은 앞산에서 보내오는 뻐꾸기 소리도 들을 수 있다. 아침 운동을 하는 사람 대부분은 눈에 익은 이들이지만 오늘 아침은 이상하게도 눈길을 끄는 낯선 사람들이 많다.

풍경 하나, 영 신경 쓰이는 부부가 있다. 아마 새벽기도 다녀오다가 운동을 하고 집에 돌아가는 모양이다. 남편이 코너에 몰리어 부인의 핀잔을 듣고 있다. 언뜻언뜻 스치는 말 속에 왜 남의 체면을 생각하며 사느냐는 것이다. 불쌍할 정도로 근 한 시간가량 혼나고 있다. 남편이란 사람이 무던하다기보다 바보같이 보였다. 자그마치 하라고 화낼 법도 하건만 부모한데 일방적으로 야단맞는 자식처럼 말 한 마디 없이 계속 침울한 표정으로 듣고 있다. 보는 내가 더 안쓰럽고 답답하다. 성경책이 담긴 가방과 부인의 백까지 들고서 뒤를 쫄쫄 따라가며 운동하는 모습이 부리는 몸종 같다. 좋은 마음으로 교회에 다녀올 텐데 저렇게까지 해야 될 사연이 있는 건지? 말로만 듣던 고개 숙인 남자가 바로 이런 모습일까?

풍경 둘, 할아버지 두 분이 새벽에 나와 이미 운동을 하셨는지 벤치에 앉아 세상 돌아가는 이야기를 하고 있다. 한참 걷다 보니 어느 젊은 댁이 내 앞에서 걷고 있는데 시선을 끌만큼 매력이 있다. 할아버지들도 '아따, 몸매 제대로 된 여자구먼.' '자네 눈에도 근사하게 보이지?' 하고 말을 주고받으며 힐끗힐끗 곁눈으로 시선을 떼지 못한다. 연세 많은 할아버지들에게도 쭉쭉빵빵한 여자가 눈에 들어오는 모양이다. 젊으나 늙으나 아름다움을 느끼는 것은 똑같은 것인가?

풍경 셋, 20대 초쯤으로 보이는 처녀 총각. 처음엔 오누이인 줄 알았는데 애정행각을 벌이는 모습이 연인 사이인지 눈살을 찌푸리게 한다. 아침 일찍부터 운동하러 나온 게 아니고 사랑놀이하러 왔는지 여자의 어리광이 장난이 아니다. 새벽에 만날 생각에 잠이나 제대로 자고 나왔는지 모르겠다. 사람들을 의식하지 않고 마음대로 사는 젊은이들을 봐주기에는 내 인내가 부족함을 느끼며 혀를 끌끌 찼다.

풍경 넷, 60이 넘어 보이는 아줌마가 딸의 옷을 입었는지 빨강색 짧은 반바지에 애들이 입는 흰색 티셔츠 차림이다. 풍뚱한데다가 옷이 작아 영 가관이다. 옷도 나이에 맞게 입어야지 맘에 든다고 내 식대로 입으면 안 되겠구나 하는 생각을 해보았다. 오늘 아침 내 모습은 사람들 눈에 어떻게 비춰질까. 나도 평소 좀 젊게 입는 편인데 사람들한테 거슬렸을까. 이 아줌마 젊은 스타일의 옷차림이 상쾌했는지 아직 잠자리에 있을 사람들은 생각 않고 연신 요란스럽게 손뼉 치며 운동의 강도를 더한다.

이 시간 이후 저들의 삶은 어떤 모습으로 펼쳐질까? 다들 자기 잘난 맛에 산다고는 하지만 자신을 알고 사는 것도 중요하겠다. 이런저런 복잡한 인간 군상들의 모습들을 비켜나 아파트 창문에 비치는 빨간 단풍잎이 아침 햇살 받아 곱기도 하다.

우리 집 화분

우리 집 베란다에는 일렬 횡대로 화분이 놓여 있다. 마치 시험관에게 면접을 보는 양 나름의 자태를 뽐내며 나의 시선을 끈다. 화분 색깔을 흰색으로 통일시키려 했지만 수종에 따라 안 어울리는 게 있어 몇 개는 다른 색을 띠고 있다. 식물 모양에 따라 화분의 형태도 다르다. 식물들에게도 각자의 개성이 있으니까. 조금 신경 쓴 덕분에 우리 화초들은 비교적 조화로운 집을 지니고 있는 셈이다. 그런 화분은 제일 작은 선인장에서 아주 큰 남천까지 길게는 10년 넘게, 짧게는 1년 남짓 같이 어울려 살고 있다. 나는 전문적인 시식이 없어 주먹구구식으로 얼렁뚱땅 이들을 키우고 있다. 주인의 보살핌이 이렇게 시원찮은데도 이를 탓하지 않고 나름대로 환경에 적응하는 자생력을 길렀는지 식물들이 잘도 커준다. 뒷바라지를 제대로 못해주었는데도 잘 자라준 나의 아들딸들처럼 대견하다.

꼬마둥이 선인장 화분은 딸내미가 어버이날 카네이션 꽃을 심어 온 것인데 꽃이 지자 시들시들하더니 몇 조금 가지 않아서 말라죽고 말았다. 이 고급스런 도자기로 빚어진 예쁜 그릇에 어떤 나무가 어울릴까 궁리하다가 다육식물인 잎이 넓은 선인장을 심으면서 남다른 집에 널 이사시켰으니 행복하게 오래도록 나와 함께하자고 부탁했다. 열두 식구의 대장은 남천이다. 맨 가장자리에서 화초 전체를 아우르며 버티고 있는 남천은 어느 늦가을에 불현듯 내게 왔다. 그전에는 여기저기서 그냥 지나치며 보았을 뿐인데 왜 그랬는지 그해 가을에는 이 나무를 갖고 싶은 마음이 간절했다. 계속 뜸을 들이다가 소양 원예원에서 사다 심었다. 당차면서 야무진 모습이 딱 대장감이었다. 늦게 우리 집에 왔지만 사람과는 달리, 옆 나무들은 텃세를 부리지 않고 선선히 대장으로 인정해주는 것 같다. 가운데에는 오래전 K교장 선생님한테 받은 이파리가 무성한 난蘭 한 그루가 자리하고 있다. 서양 난은 한 번 꽃을 피우면 다시 피우지 않는다고 여겨 오랫동안 방치해 두다시피 했는데, 올 초가을에는 세월을 잊는 기쁨을 선사했다. 주인장의 무심함에도 아랑곳하지 않고 초록으로 25, 6센티미터 정도의 꽃대 둘을 뽑아 올리더니 노랑꽃이 엇박자로 피기 시작했다. 몇 년이 지나도록 분갈이 한 번 안 하고 돌보는 것이라고는 어쩌다 물을 주었을 뿐인데……. 전혀 생각지도 않았던 횡재를 한 기분이었다.

아침에 일어나 보면 이슬이 방울방울 꽃송이에 맺혀 있다. 무심코 혀를 대보았다. 이건 완전 꿀이었다. 그 영롱하고 맑은 것이 사람 환장지경에 이르게 하는 야릇한 단맛을 지니고 있을 줄은 몰랐다. 이런 달콤함으로 벌과 나비를 유혹하는가 싶지만 벌레들 때문에 방충망을 열어둘 수 없으니 이들이 날아와야 되는 자연의 순리를 어쩔 수 없이 막아버린 셈이다. 그래서 안타깝지만 벌 나비는 그만두고 나 혼자 독식하기로 했다. 손가락으로 살짝 찍어서 음미해보기도 하고, 어느 땐 직접 혀를 대고 조심스럽게 교감을 갖기도 했다. 꽃이 피는 한 달 내내 나는 난 꽃과 아침마다 사랑놀음을 할 수 있었다.

세상사 생生하면 멸滅하는 법. 난 꽃은 개화한 지 한 달도 채 지나지 않아 서서히 시들더니 바닥에 툭툭 떨어지기 시작했다. 쓰레기통에 넣어 버리기가 안쓰러워 꽃이 다 질 때까지 모아 두었다가 남천 화분에다 살짝 묻어주었다. 꽃은 가고 없지만 언제 또 필지 모르는 꽃이기에 사진관에 가서 백일사진을 찍듯 거실로 옮겨다 놓고 여러 포즈를 취하게 만들어 예쁜 기념사진으로 추억을 남긴 것이 다행이다. 꽃이 다 지고 난 지금 우리 집 난은 '언제 내가 꽃을 피웠나 뭐.' 하고 바람 피운 남정네가 아무 일도 없었다는 듯 시치미를 딱 떼는 것처럼 검푸른 잎줄기를 하고 의젓하게 서 있다.

호사다마라 했던가. 한참 난 꽃에 매료되어 있을 때, 작년 여름 이곳으로 이사할 때 둘째 딸 친구들이 우정을 담아 사온 알록카시아가 아프다고 비명을 질러댔다. 처음에 이름을 모르다가 한참 후에 화원에 가서야 알아낸 화초다. 연이나 토란처럼 잎이 아주 넓어 실내 습도조절에 좋은 식물이란다. 그래서 그런지 아침에 일어나 보면 잎 가장자리에 물방울이 맺혀 있기도 하고 물을 준 다음 날은 바닥에까지 물이 제법 떨어져 있기도 했다. 오자마자 실력발휘라도 하는지 계속 새순이 올라와 오래된 이파리를 오히려 잘라내 주었었다. 내내 생기 왕성하던 것이 죽어가다니. 내가 뭘 잘못했지? 잎이 누렇게 변해가는 것을 지켜보는데 문득 몇 년 전 비명횡사한 산호수가 생각이 났다.

산호수는 말간 선홍색 열매까지 맺으며 탐스럽게 자라더니 어느 날 죽어갔다. 영양실조가 되었나 싶어 거름을 넣어주기도 하고, 실내에 들여놓아도 보고 나름 여러 방법을 시도해 보아도 계속 잎들이 누렇게 변해가며 신음을 했다. 하는 수 없이 꽃 전문가를 왕진시켰다. 그런데 이게 웬일? 보자마자 답을 알고 있는 듯 화분을 엎었다. 하얗게 드러난 스티로폼 속에 뿌리가 엉켜 있는 모양이 섬뜩할 정도였다. 내가 참 무심도 했지. 왜 그 생각을 못했을까? 화원에서 온 화분이 잘 크지 않으면 일단 흙을 의심해 봐야 한다는 것을. 알록카

시아는 분갈이 후부터 숨고르기를 하더니 얼마지 않아 고맙게도 다시 건강한 새순이 나와 지금은 큰 그늘을 만들며 가습기 역할을 톡톡히 하고 있다.

그 후로 나는 우리 집에 있는 화초 하나하나의 속성을 인터넷을 뒤져 알아냈다. 상대를 알아야 그것과 소통을 하고 관심을 갖지 않겠는가. 흙도 거름도 필요로 하는 게 다르고 물 주는 것이며 햇볕 쏘이는 것까지 모두 다르다. 여태까지도 아주 무관심하진 않았지만 지금은 더 자주 그들과 만나서 논다. 때론 음악도 들려주고 아침 햇살과도 만나게 해주고, 달콤한 밖의 바람도 들여와 이야기를 나누게 한다.

그들은 말을 몸으로 한다. 즐거우면 신바람나게 무럭무럭 자라 빛을 내고, 뜻밖의 꽃도 피워 황홀하게도 한다. 불편하면 시들시들하거나 몸의 색깔이 변한다. 또 잎사귀가 떨어져 죽기도 한다. 가만히 제자리에만 있는 것 같아도 창문을 열어놓는 날에는 세상맛을 보며 깔깔대고 웃는 듯하고, 추운 겨울은 생장을 멈춘 채 손발을 비비며 웅크리고 지낸다. 내가 없을 때는 주인의 흉을 보는지도 모르겠다. 갈증이 나 죽겠는데 물을 안 준다든가, 어느 때는 물을 주고는 깜빡 잊고 그 다음 날 또 물을 주어 사래 걸리게 만들기도 한다고.

자기들의 이야기는 빼고 글을 쓴다고 토라진 아이비, 산세비에리아, 벤저민 등등에게 나대로의 이름을 불러주며 오늘도 나는 화초들의 소곤거림에 빙그레 웃어본다.

건지산의 사계

봄

　　　　건지산은 삼월부터 봄기운이 가득
하다. 엄동설한을 견딘 광대나물, 큰 개불알꽃, 산자고 같은
들꽃과 목련, 벚꽃, 산수유, 진달래, 개나리가 꽃 잔치를 벌이
더니 과수원의 복사꽃도 뒤늦게 동참하여 환하게 봄을 꾸미
기 시작했다. 고등학교를 갓 졸업한 풋 처녀들이 부산하게
단장하고 풋풋한 웃음을 지으며 수줍게 첫발을 내딛는 모습
을 보는 것만 같다.

　올봄에는 예년과 달리 갑작스레 기온이 상승해 동시다발
로 꽃이 피었다. 오지게도 꽃들이 함박지게 핀다. 앞 다투어
피는 꽃들의 사랑을 나르느라 바빠진 벌들이 정신없이 윙윙

거리고, 바람도 그 어느 때보다 부산하다. 특히 산에는 바람의 왕래가 잦아 봄바람을 핑계삼아 나무들이 온몸을 흔들며 춤을 추듯 봄을 만끽한다. 봄바람은 나도 가만히 있지 못하게 들쑤셔대며 봄이 왔다고 연신 손짓을 한다.

이런 봄을 시샘이라도 하여서일까. 올핸 입춘이 지났는데도 봄이라고 말하기가 어려울 정도로 눈이 오고 얼음이 얼었다. 꽃 잔치 한창인 춘삼월, 혹한에 폭설이라니 봄에 오는 꽃샘추위는 질투심이 강한 심술꾸러기임에 틀림이 없었다. 그렇지만 겨울을 견뎌낸 건지산의 봄꽃들은 추위가 그리 걸림돌이 되지 않는다. 날씨야 춥건 말건 한번 물이 오른 나무들은 줄기차게 물을 뿜어내 생명의 꽃을 피워내고 있었다.

삼월의 봄이 노란빛이라면 사월의 봄은 분홍빛이고, 오월의 봄은 하얀빛인 것 같다. 아까시나무, 산딸나무, 이팝나무, 때죽나무 등 큰키나무들의 틈새기에 키 작은 찔레꽃도 피어 온 산을 수놓는데 드문드문 피어 있는 붉은싸리, 노란 애기똥풀은 생뚱맞아 다른 계절에 피어야 할 꽃처럼 보인다. 그 흰 꽃 중에서도 언덕 둔치에 널려 있는 찔레꽃이 시선을 끈다. 그 순을 꺾어 먹던 어린 시절 허기진 날들의 아련한 추억과 풋풋하고 야릇한 그 향과 순수한 생김새에 끌려 흔히 5월의 꽃이라 일컫는 아까시마저 잠시 눈 밖에 나게 한다. 역시 오월의 꽃은 강열한 향기를 지닌 아카시보다는 색도 향도 모양새도 은은한 찔레꽃인 듯싶다.

내 건지산 이야기 중에 빠지지 않는 나무는 산책길 중간쯤에 있는 플라타너스이다. 워낙 특이한 녀석이기에 늘 눈길을 끈다. 플라타너스는 겨우내 거무튀튀한 표정으로 험상궂게 인상을 쓰고 있다가 봄이 되면 언제 그랬느냐는 듯 능청스럽게 배색된 그림을 그린다. 덕지덕지 붙어 있던 등걸이 목욕탕 뜨거운 물에 불려 때를 밀어내기라도 했는지 이제 매끌매끌해져 짙고 옅은 초록의 얼룩무늬 예비군복 같은 색깔을 띠고 있는 모습이 꽤 늠름하다. 어렸을 적 나도 겨울 추위에 손이 트면 그대로 두었다가 봄이 되어서야 뜨거운 물에 불리어 한 꺼풀 벗겨내곤 했었는데 플라타너스도 날씨가 풀리니 그렇게 봄맞이를 하는가 보다.

대지 마을을 지나 단풍산을 향해 걸음을 서두르는데 다람쥐 한 마리가 상수리나무에 매달려 있다. 사람이 지나가는데도 도망갈 생각은 하지 않고 무슨 말이라도 하고 싶은지 빤히 내려다보고 있다. 건지산은 사계절 어느 곳이나 다 마음에 들지만 그 중에서도 다양한 채도의 초록빛으로 치장하는 봄의 단풍나무 숲은 마음을 술렁거리게 만든다. 아침 해가 떠오르는 시간대에는 연초록의 초록별이 뜨는 듯 반짝반짝 빛이 난다. 마치 요정나라에 온 듯 마음이 설렌다.

봄 산에는 낙엽과 새순의 세대교체가 한창인 곳도 있다. 겨울에 이어 이 봄까지 말라비틀어진 잎을 놓지 않고 움켜쥐고 있는 떡갈나무는 죽음을 목전에 두고도 삶에 대한 애착을 버리지 못하고 안간힘을 다하는 노인 같다. 나무든 사람이든 뒤에 오는 세대를 위해 떠나야 할 때 미련 없이 떠나주는 것이 미덕이지 않겠나 싶다. 이런 생각을 하고 있는데 떡갈나무 잎 하나가 내 어깨를 툭 치고 떨어진다.

오송지 호숫가에 다다랐다. 낙엽과 새순이 대비되듯 저녁노을을 닮은 노부부가 떠오르는 해를 바라보며 의자에 앉아 있다. 평생을 주고받았을 사랑이 아직도 진행 중인지 새우깡 한 봉지를 들고서 서로 먹여주며 정담을 나눈다. 새우깡의 맛보다 더 고소하고 농익은 노년의 아름다운 사랑에 코끝이 시큰해진다.

계절 앞에서 오송지의 그 두껍던 얼음덩어리도 더 이상 맥을 못 추고 아메바처럼 점차 작아지더니 결국 본연의 물로 돌아왔다. 물이 더는 차게 느껴지지 않는다. 쇠물닭 한 쌍이 봄을 즐기며 노니는데 갑자기 고요한 연못에 황소개구리 한 마리 풍덩 뛰어든다. 나무 사이로 불어오는 훈훈한 봄바람이 달착지근하다. 자태를 뽐내며 의연하게 피어나는 꽃들과 함께 내 몸속에서도 만 가지 봄기운이 일어난다. 계절이 바뀔 뿐 생성과 소멸 속에서도 산은 늘 그대로인 것 같다.

여름

여름날 새벽은 초라니 방정이다. 막 잠든 것 같은데 금세 창문이 훤하다. 햇볕에 들키지 않고 산에 다녀오려면 적어도 새벽 다섯 시 전후에 집을 나서야 한다. 햇볕을 싫어하는 나는 햇볕에 발목을 잡혀 오히려 추운 겨울보다도 여름에 건지산 산보를 빼먹는 횟수가 더 잦다.

5월의 신부같이 단꿈에 젖은 찔레꽃이 지자 개망초의 자잘한 꽃봉오리가 부산하게 6월을 열며 종종걸음을 치고 있다. 이제 본격적인 여름이 시작되는가 보다. 봄꽃이 진 가지마다 녹색 치장이 한창이다. 6월은 연둣빛 긴팔 옷을 입어도 초록빛 반팔 옷을 입어도 하등 상관없는 너그러운 달인 것 같다.

산 입구에 들어서자 비릿한 밤꽃 냄새가 온 산을 쏘삭거린다. 봄도 다 갔는데 어쩌자고 사람을 부추기는지 모르겠다. 과수원의 복사꽃은 어느새 광저기만 한 열매가 되어 조롱조롱 매달려 있다. 한두 달이면 발갛게 익어 여름 불볕더위의 짜증을 달콤함으로 달래 주겠지.

건지산은 어설픈 듯 보이는 산 입구와는 달리 안으로 들어갈수록 여러 형태의 산을 만날 수 있다. 밤나무 숲을 지나면 플라타너스, 플라타너스 다음은 편백나무, 소나무, 단풍나무가 군락을 이루어 의초롭게 사는 모습이 얼핏 여러 산을 접한 기분이 들게 한다. 건지산의 플라타너스는 고목이 되어 겨울에는 밑동에서 줄기까지 거무죽죽 죽은 나무처럼 보이는데 봄이면 시치미를 뚝 떼고 어울리지 않게 아기 손을 내밀다가 여름에는 한 뼘이 넘는 넓은 잎으로 위세를 떨며 시선을 끈다.

연례행사처럼 오는 태풍이 올해도 어김없이 지나갔다. 며칠간 미친 듯 불어오는 비바람에 속수무책으로 당한 나무들. 겨우 정신을 차려보니 가지가 꺾이고 푸른 이파리들이 낙엽되어 수북이 쌓여 있다. 아이쿠, 내 새끼들 지켜주지 못해서 미안하다는 어미들의 한숨소리와 함께 엄마를 떨어져나온 이파리에서 울음소리가 들리는 듯하다. 천명을 다하지 못하고 여기저기에 널브러진 초록 잎을 보면서 일본 열도를 강타한 쓰나미로 TV의 화면에서 사라지던 어느 소년의 모습이 떠오른다. 그나저나 모두가 안쓰럽다.

목백합나무 한 그루도 태풍에 된통 맞아 뿌리째 뽑혀 오송지 물가에 쓰러져 몸 반쯤이 물에 빠진 채 생과 사의 갈림길에서 신음하고 있다. 생은 요지부동이어서 잎들은 아직 싱싱하다. 그 위에서 아무 짬도 모르는 쇠물닭들이 줄지어 앉아 온갖 몸짓을 해대며 재잘거리고 있다. 어떤 종말을 맞이할는지 불안한 가운데서도 기꺼이 쇠물닭의 놀이터가 되어주는 저 나무. 그렇게 새들의 보금자리로 자리매김을 하면 좋으련만 세월이 흐르다 보면 어느 날 물에 수장되어버리고 말 거라는 생각에 그 옆을 지날 때마다 자꾸 신경이 쓰여 발길이 멈춰진다.

그러나 오송지 주변에는 온갖 꽃들이 싱싱하게 피어 반갑다. 파란 나비 떼가 풀숲에 앉아 팔랑팔랑 날갯짓을 하는 듯한 달개비 꽃과 달빛만큼이나 밝게 지천으로 피어 있는 노란

색 달맞이꽃이 호수 둔덕에서 지나가는 사람들을 반긴다. 고흐가 즐겨 그렸다던 붓 모양새의 보라색 붓꽃은 오송지 초입 귀퉁이에 제법 넓게 자리를 잡아 군락을 이루고 있고, 또 도심에서 보기 드문 줄, 왕골도 나무다리 옆에 큰 키를 자랑하며 서 있다. 왕골의 키 때문에 더러는 가려진 흰색과 분홍의 앙증맞은 수련도 드문드문 피어 눈요깃감으로 충분하다.

오송지를 돌다 보면 청청한 날은 더러 물속나라를 볼 수 있다. 호수 속에는 신기하게도 나무도 있고, 구름도 있고, 걷고 있는 사람들까지도 있다. 물이 명경처럼 맑아 산과 풀과 꽃과 나비들도 너풀너풀 춤을 춘다. 어쩌면 오송지 명징 호수에는 하늘이 살고 바다가 살고 온 우주가 머물고 있는지도 모르겠다.

잘생긴 사내같이 올곧게 쭉쭉 뻗은 편백나무 숲으로 난 자드락길에 접어든다. 이곳은 사람의 왕래가 그리 많지 않다. 오늘은 아침 시간이 바쁘지 않으니 편백나무 숲에서 충그려도 될 것 같다. 그 어느 때보다도 건강한 여름 산이다. 편백나무는 고개를 쳐들어 한참을 올려다봐야 끝이 보인다. 하늘에 무슨 말을 하려고 저리도 높이 솟아 있는고? 하늘 향해 높이 뻗은 나무에게 하늘만 쳐다보지 말고 내 말 좀 들어보라고 집적거려본다. 요즈음 괜히 우울하여 사는 재미가 없는데 어떻게 해야 되냐고. 편백나무는 아무 말도 없이 온 산에 피톤치드 향을 뿜어준다.

의자에 앉아 가지고 온 신문을 읽는다. 어떤 아저씨가 바로 옆에서 구령을 부쳐가며 요란하게 손뼉을 치며 방해를 한다. 하기야 나 혼자만의 산은 아니니까 별수 없지만 짜증이 난다.

신문을 접고 그냥 스트레칭을 하기로 한다. 우연히 물구나무서듯이 머리를 밑으로 하고 거꾸로 나무꼭대기를 바라보니 평면에서 올려다보았을 때와는 판이하게 피라미드가 형성된 게 여간 장관이 아니다. 모든 사물을 한 시점에서만 볼 것이 아니라 뒤집어서도 보고 비틀어도 보아야 그것의 전체를 어느 정도라도 볼 수 있다는 말이 실감난다. 사람도 마찬가지인 것 같다. 나는 이런 사람이라고 생각하고 있었는데 엉뚱한 사람일 때가 있다. 특히 어려운 일이 생겼을 때 내가 알고 있었던 것은 빙산의 일각으로 상상도 못할 만큼 영 딴판인 것을 종종 경험한다. 다각적으로 보지 못한 탓이리라. 이런저런 생각을 하면서 숲을 빠져나온다.

물먹은 산길이 미끄럽다. 갑자기 매지구름이 금방이라도 비를 뿌릴 것 같아 지망지망히 발길을 내딛다가 그만 쭉 미끄러지고 말았다. 누가 볼세라 아무 일도 없었던 것처럼 옷매무새를 다듬고 걷는데 영 발목이 시큼하다. 빨리 집에 가서 파스라도 붙여야겠다.

가을

　새벽달을 보며 집을 나선다. 잠에 곯아떨어진 산길은 아직 어둠을 몰아내지 못하고 있다. 늘 다니던 길이라 짐작만으로 가기는 하지만 그래도 허방을 디딜까 봐 조심스럽게 산길을 오른다. 나는 어둠 속의 산과 마주섰다. 미명이라 나무 하나 하나의 모습은 구별되지 않는다. 그러나 만상을 일깨우는 산의 정기는 그 어느 때보다도 강렬하다. 쓰잘머리 없는 일로 개운치 않게 잠자리에 들었더니 잠을 설쳐 자는 둥 마는 둥 하다가 일찌감치 산에 와버렸다. 나무들한테 잠자는 산을 깨우는 무법의 침입자 정도로 비춰질 수도 있겠다 싶어 미안하기는 하다.

　새벽이 아침을 밝힌다. 날이 밝기 전 새벽이 가장 어둡다더니 갑자기 어둠이 짙어졌다가 날이 환히 샌다. 백문이 불여일견이다. 해가 뜰 때면 어김없이 새들이 먼저 알고 환호성을 지른다. 산에 사는 새는 산이 좋아 산에서 사노라네. 지지배배 지지배배 목청도 좋다. 팽팽했던 아침의 고요를 새소리가 깨뜨린다. 싱싱한 아침 냄새 가득한 산길을 걸으니 짓눌려 답답했던 몸과 마음이 확 트인다. 온몸이 서서히 자연과 동화되어 가고 있음이다.

　걷다 뛰다 숨 가쁘게 다다른 오늘 아침 오송지에는 보기 드물게 동화나라가 펼쳐져 있다. 호수 속에 마을이라도 있는지 이집 저집 아궁이에 불을 때어 굴뚝에서 아침밥을 짓는 연기가 뿜어져 나오는 듯 짙은 물안개가 모락모락 피어오른다. 물속나라에 무슨 잔치라도 열리는 날일까. 시골아이들이 아침밥이 될 때까지 동네 고샅에 나와 노는 것처럼 쇠물닭들도 아침밥을 기다리며 호수에서 떼 지어 놀고 있다.

쇠물닭의 달리기 시합이 시작됐다. 거의 육칠십 미터 되는 거리를 제트기가 날아가듯 물수제비를 뜨며 횡 물살을 가른다. 몇 마리는 공중 비행을 하며 자기편을 훈수한다. 쇠물닭은 재주가 많아 보인다. 어떤 때는 물고기처럼 잠수하면서 수영도 하고, 어떤 때는 새처럼 날기도 하고, 어떤 때는 닭처럼 수련 잎에 앉아 한가하게 바깥세상 구경도 한다. 물속과 물 위와 창공을 함께 자유자재로 아우르는 쇠물닭. 그러다가 어느 사이 수초 속에 숨어 사라져버린다.

호수를 한 바퀴 돌아 나오는 사이 새벽에 내려온 안개가 어느덧 떠날 시간이 되었는지 어슬렁거리며 한숨 나간 김처럼 흐릿하게 수면에 맴돈다. 아침 안개가 짙으면 날씨가 화창하다던데 오늘 낮에는 햇볕이 좋을 것 같으니 애호박 몇 개 썰어 널어야겠다.

아직 11월 초입인데 날씨가 널뛰기라도 하는 듯 하루 이틀 사이에 겨울로 접어든 것처럼 제법 쌀쌀하다. 올 단풍은 여름이 길었던 탓인지 유난히 곱고 오래 간다. 가을이라고 해서 어느 날 갑자기 이렇게 아름다운 빛으로 물들진 않았을 것이다. 겨울 인고의 시간을 밑거름으로 하여 초봄 용틀임으로 싹을 틔웠을 것이고, 한여름 폭풍우와 땡볕을 견디며 저장해 두었던 에너지가 가을을 만나 고운 빛깔을 뿜어낸 것이리라. 세월 가는지 모르고 얼렁뚱땅 살아 어느새 가을을 맞은 내 삶이 돌아보아진다. 나도 저 단풍색깔처럼 곱게 물들어 미련 없이 생을 마감할 수 있을까. 이제 가을을 불러온 이파리들도 차곡차곡 내려앉기 시작한다. 계절이 깊어졌음이다. 떠나가는 가을의 뒷모습이 아름답다.

가을의 단풍은 불꽃놀이다. 생을 보내는 축제다. 생의 절정을 태우는 축제에 내 마음도 불꽃으로 타고 싶다. '자주꽃 핀 건 자주감자/ 파보나 마나 자주감자/ 하얀 꽃 핀 건 하얀 감자/ 파보나 마나 하얀 감자'라는 권태응 시인의 〈감자 꽃〉이라는 동시처럼 참나무 밑에 참나무 낙엽이, 단풍나무 밑에 단풍나무 낙엽이 어김없이 깔려 있다. 여러 낙엽길을 각기 다른 느낌으로 총총총 걸어본다. 더러는 말라비틀어진 낙엽이 발밑에서 바스락거리며 자기 존재감을 말한다. 나목 밑에 수북이 쌓인 낙엽길은 텅 빈 충만감과 쓸쓸한 편안함이 교차되어 온다.

낙엽의 압권은 누가 뭐래도 플라타너스 잎이다. 바람이 불 때마다 우우 몰려다니는 소리가 범상치 않다. 부채만큼이나 큰 플라타너스 잎은 행세라도 하는 듯 다른 나뭇잎들을 제압한다. 그러나 눈이 오고 비가 오기 전까지만 힘을 과시할 것이다. 아무리 용맹한 녀석들일지라도 눈이나 비에 젖으면 더 이상 맥을 못 추고 지천꾸러기가 되어 흙으로 돌아간다.

봄 산책길은 죽은 듯한 나무에서 새순이 나오는 경이로움 때문에 고개를 들게 되지만 가을의 산책길은 곱게 물들어 떨어진 낙엽의 아름다움에 자꾸만 시선이 아래로 간다. 낙엽 쌓인 길을 걸으며 나무와 나뭇잎의 이별을 생각한다. 이별은 꼭 슬픔만이 아니다. 봄부터 이파리는 햇빛을 빨아들여 나무를 키우고, 가을엔 곱게 물들어 나무를 멋지게 장식하다가, 겨울엔 언 땅을 덮어 나무를 보호하고 끝내는 고이 썩어 새 삶의 자양분이 되어준다. 이별은 그렇게 보람으로 바뀌는 아름다움이기도 하다.

해가 든 숲 속이 청량하다. 찬바람 속에 겨울의 기미가 들어 있는지 가을꽃에도 희끗희끗 저승꽃이 피기 시작한다. 가을이 짧은 탓에 올해 꽃들은 잠깐 스쳐지나가는 인연처럼 깊은 연을 맺지 못하고 쉬이 지고 있다. 얼마지 않아 유홍초, 나팔꽃, 닭의장풀, 물봉선, 고마리, 여뀌, 듬직한 호박꽃까지도 한해살이를 마무리하고 내년을 약속하며 먼 길을 떠나가리라.

겨울

산이 새벽잠을 깨운다. 새로운 하루가 시작되었으니 빨리 일어나 나오라고. 뜨뜻한 아랫목의 편안한 유혹도 겨울산의 꼬드김에 손을 들고 만다. 나는 무엇에 씌었는지 마냥 졸린 눈을 비비며 어제도 오늘도 주구장창 산에 가고 있다. 영상의 기온으로 올라간 낮에는 질컥거릴 텐데 적당히 언 땅과 알싸한 찬 공기가 버무려진 아침 산책길은 오히려 발걸음을 상쾌하게 만든다.

푸름을 자랑하던 잡풀들이 헝클어진 노인의 백발처럼 얼크러져 있다. 그 위에는 날을 세운 서릿발이 하얗다. 자신이 가진 모든 것을 벗어버린 겨울나무들은 득도를 한 고승처럼 여유롭고 편안하다. 대지 마을 어느 집 울안 은행나무는 잎 진 가지 마디마디가 꼬마전구를 달아놓은 대형 크리스마스트리 같아 플러그만 꽂으면 금세 불이 켜질 것만 같다.

날씨가 추워서인지 가을의 반절도 안 되게 사람들이 띄엄띄엄 지나간다. 이 추운 꼭두새벽에 산에 나온 사람들은 운동에 관한 남다른 뚜렷한 목표가 있으리라는 생각이 든다. 각자 이유가 있겠지만 나는 체중을 다스리기 위한 방편이기보다 건강을 지키는 것에 더 비중을 두고 있고, 산에 빠져보지 않은 사람은 느끼지 못했을 산에서 뿜어져나오는 새벽공기에 매료되어 게으름을 피우고 싶은 유혹을 뿌리치고 날마다 산을 찾는다.

헐레벌떡 뛰다 보니 어느새 대지 마을 다음에 있는 플라타너스 군락지에 도달했다. 플라타너스 나무는 다분히 괴물 같은 모습을 하고 있어 그 길을 지날 때는 자연히 움츠리게 되는데 오늘은 유독 무섭게 느껴진다. 땅이 질컥거려 길 위에 자갈을 몽땅 깔아놓아 발걸음마다에 자갈 밟히는 소리까지 합세해 바짝 긴장이 된다.

플라타너스 길을 벗어나 약간 경사진 언덕배기에 설치된 조촐한 벤치에 앉는다. 빠른 걸음으로 걷다가 잠깐 쉬면서 습관처럼 하늘바라기를 하는 곳이다. 밑동은 둘인데 중간쯤에 하나가 된 연리지 나무가 앞에 있다. 때를 쓰듯 반쯤 누워서 의자에 어깨를 걸치고 입김을 펄펄 내뿜으며 그 나무를 바라본다. 얼마나 큰 부부간의 사랑이면 이렇게 연리지로 굳어질 수 있을까.

근데 여기 실오라기 같은 거미줄에 오그라진 참나무 한 잎이 걸려 있었는데 없어졌다. 마지막 잎새. 가을의 끝자락을 붙들고 독불장군처럼 겨우내 바람이야 불건 말건 간당거리며 춤을 추듯 살랑거리더니 언제 낙하해 버렸을까. 모든 만물은 결국 흙으로 돌아가는가 보다. 늘 바라보던 꺼리 하나가 없어져버린 셈이다. 허망한 마음으로 단풍 숲을 향해 가는데 히말라야시다 나목 밑에 가냘픈 맥문동이 추위에도 아랑곳없이 씩씩한 초록색을 띠고 있다. 춥다고 엄살을 부리며 걷는 내가 부끄럽다.

가을에 두툼하게 쌓인 푹신푹신한 낙엽을 밟으며 단풍산에 다다랐다. 적당한 열을 지어 군락을 이룬 단풍산이 역시 겨울에도 건지산의 백미인 것 같다. 붉은색이 잦아든 단풍나무 가지는 큰 싸리나무빗자루를 세워놓은 것 같기도 하지만 부챗살을 묶어 놓은 듯 하늘을 향해 쭉쭉 뻗어 겨울의 삭막함보다는 또 하나의 운치를 자아내고 있다. 게다가 단풍산은 건지산의 산마루에 자리하고 있어 잎이 져버린 겨울에는 전주 시가지를 한눈에 훤히 바라볼 수도 있다. 어쩌면 단풍산에서 잠깐 심호흡을 하는 이 시간이 좋아 나는 건지산을 찾는지도 모르겠다.

올겨울은 눈이 더디게 왔다. 예년을 기억하면 11월 중순쯤에 첫눈이 왔는데 올해는 대설이 지나서야 그것도 겨우 풋눈이 내렸다. 그러더니 잣눈 한 번 제대로 내리지 않고 겨울이 가고 있다. 자연의 숨소리마저 멈춰버린 적요 속에 물 주어 만든 시루떡같이 푹신한 낙엽 위에 쌓인 눈길을 마음껏 걸어보고 싶었는데 야속하게도 올겨울은 틀린 것 같다.

눈 덮인 겨울산은 아늑하고 포근한데 눈이 없는 맹추위는 흡수되지 않는 강철처럼 쇳소리가 난다. 얼음으로 덮인 웅덩이를 밟으니 카랑카랑 유리조각 부서지는 소리가 날카롭다. 서릿발이 많이 내린 곳은 푹신거리면서도 싸그락거리는 소리가 재미있어 그 자리에 멈추어 종종걸음을 쳐본다. 겨울은 역시 눈이 와야 제맛인데 눈 한 번 실컷 밟아보지 못하고 군데군데 얼음길만 얄궂게 밟아댄다.

겨울의 절정인지 섣달까지만 해도 언 듯 만 듯 살얼음이었던 오송지가 정월 들어서는 꽁꽁 얼어 호수 전체가 두꺼운 얼음으로 뒤덮였다. 겨울은 멈춤의 계절, 침묵의 계절인 듯

싶다. 동살에 호수는 까치놀처럼 반짝여 한 폭의 그림같이 아름답긴 해도 여기에서 놀던 쇠물닭이 걱정이다. 얼음에 갇혀 웅크리고 있는지, 아니면 딴 곳으로 날아가기라도 했는지 걱정 아닌 걱정을 한다. 쇠물닭을 생각하며 빨리 얼음이 녹아내리길 기다린다.

무주는 별빛 같은 눈망울로 오라고 한다

여고 시절에 우정을 결집하며 뭉친
이른바 '오색 빛'이라는 다섯 명의 단짝이 있었다. 사춘기 겉
멋이 들어 마드리드, 더블린, 소피아, 오슬로, 프라하 등 유럽
나라의 수도를 각각의 애칭으로 부르며 어지간히도 친분을
쌓았다. 지금은 노년으로 접어들어 아들딸 시집장가 보내며
살고 있는 그 친구들과 여고를 갓 졸업한 열아홉 여름에 생
애 첫 여행의 행선지가 무주였다. 청정 무주만큼이나 막걸리
한 모금도 입에 댈 줄 모르는 맑았던 정읍 가스나들이 한번
뭉치자고 말로만 듣던 구천동 길에 나섰다. 생경한 길을 몇
번이나 버스를 갈아타며 두려움과 설렘으로 물어물어 무주
에 찾아갔다.

정읍에서 20리나 떨어진 북면 주축 마을에 사는 나는 첫차를 타기 위해 부산을 떨었다. 읍내 가는 버스는 어쩌다 한 번씩 운행되는지라 한번 놓치면 낭패다. 버스라야 열대여섯 명 정도 타는 지금 봉고차보다 조금 큰 마이크로버스였다. 신작로는 고르지 않은 돌을 깔아 울퉁불퉁한데다가 웅덩이도 더러 있어 요동치는 작은 차에 앉지도 서지도 못하는 어정쩡한 자세로 벌을 서는 기분이었다. 그렇지만 오랜만에 친구들을 만나고, 그것도 여행을 위한 만남이라 그런 고생쯤은 아무것도 아니어서 기분이 달뜨고 있었다.

애송이 숙녀 티가 나는 친구들을 만나 전주행 시외버스를 탔지만 전주에 도착해서도 두어 시간을 더 기다리는 곤혹을 치르고서야 겨우 무주행 버스에 몸을 실었다. 무주 터미널에 도착하니 확성기에서 요즈음 한창 붐이 불고 있는 세시봉 가수들의 노래가 흘러나왔다. '별빛 같은 눈망울로 영원을 약속하며' 운운하는 이종용의 〈너〉, 송창식의 〈고래사냥〉 등등 그 시대에 유행했던 노래들이 지친 우리들을 다시 여행 기분으로 전환시켜주었다. 아무튼 진종일 걷고 기다리고, 버스에 시달리며 말로만 듣던 무주에 당도한 것은 해가 뉘엿뉘엿 석양이 깃든 시간이었다. 그리고 민박집까지는 어떻게 갔는지 기억이 희미하다.

민박집은 허술한 슬레이트집이었다. 브래지어를 하지 않아 축 늘어진 젖가슴이 보이는 티셔츠에 물방울무늬 몸빼 바지를 입은 덩치 좋은 주인아주머니가 수더분하게 방을 안내했다. 저녁엔 감자도 쪄주신단다. 짐을 대충 정리하고 집 근처를 한 바퀴 돌다 보니 어느새 어두워졌다. 마당에 나와 모깃불 피워 놓은 덕석에 앉았다. 냉갈 냄새가 구수했다. 맹꽁이와 풀벌레의 합창소리가 우리 시골집보다 더 요란했다. 처마 밑에 켜진 백열등 주변에서는 장수풍뎅이며 온갖 곤충들이 춤을 추듯 허공을 날며 밤을 즐겼다.

나지막한 밤하늘에 초롱초롱 박혀 있는 별들이 금방이라도 와르르 쏟아져내려 온 세상이 별의 별천지가 될 것 같은 아름다운 여름밤이었다. 우리의 끈끈한 우정처럼 하늘과 땅과 바람이 하나로 소통되는 자연 속의 여름밤이다. 우리들은 졸업하고 몇 개월 못 만나 봇물 터지듯 쏟아지는 밀린 이야기를 햇병아리처럼 입을 모아 조잘댔다. 마당 귀퉁이에 배롱나무 한 그루가 수다스럽게 분홍빛 꽃을 피우고 우리들 이야기에 맞장구를 치는 듯 살랑거렸다. 교복을 벗은 지 반년이 지났으니 얼마나 많은 이야기들이 쌓였겠는가.

그렇게 단 열밤은 가고 아침이 되어 계곡으로 세수를 하러 갔다. 산골의 아침 해는 일찍 일어나고 일찍 자는 새 나라의 어린이같이 부지런했다. 여섯 시 남짓인데 해가 중천에 떠 있었다. 구천동 계곡의 기온은 한여름인데도 긴팔 옷이 필요한 가을처럼 알싸했다. 그래서 머리를 감으려다가 손이 시려 고양이 세수만 했다.

주인집 석유곤로에 된장찌개를 끓여 아침을 먹고 산행길에 나섰다. 무주구천동은 전설 같은 곳이었다. 도연명의 무릉도원이 이랬을까. 우거진 숲 속에 물보라 치는 계곡과 몇천 년 역사가 만들어낸 암반들은 온몸을 전율로 감싸며 환호성을 잇게 했다. 환상적인 이방인의 땅 구천동에 매혹되어 발걸음도 가볍게 걷고 있는데 아침에 멀쩡했던 날씨가 변덕스런 시어머니처럼 찌글짜글하다. 장마철도 아닌데 우리들에게 여행의 강한 추억을 만들어주려는지 이내 비가 내리기 시작했다. 여름의 건장한 숲이 비에 젖으니 포효하는 사자가 금방이라도 뛰어나올 것 같은 무서움이 들기도 했다. 비가 오니까 운치가 한층 더해졌다. 낮게 내려앉은 구름 아래로 숲길을 헤치며 걷는 기분은 마치 내가 신선이라도 된 것 같았다. 가히 몽환적이었다.

아뿔싸, 굵은 비가 아니어서 다행이지만 단화를 신은 게 낭패였다. 학교 소풍 이외에는 등산은 물론 나들이 한 번 가보지 않은 풋내기들이 등산을 하려면 어떤 준비와 차림을 해야 하는지 알 턱이 없다. 신축성도 없는 청바지에 운동화를 신었으니 비를 만난 옷은 무겁게 달라붙고, 신발은 스케이트 날을 붙여놓은 것처럼 미끄러져 긴장의 연속이었다. 양말만 신고 걷다가 그것도 용이치 않아 다시 신발을 신었다 벗었다를 반복했다. 모든 앎은 경험의 산물인가 보다. 발톱까지 빠지는 수난으로 수업료를 톡톡히 치르고서야 산행에 대한 상식을 체득했다.

어디에 가나 인연은 있는 법. 서울에서 온 무슨 선교단체인가 하는 꽤 말쑥한 총각들이 아무 준비 없이 산에 온 시골 아가씨들이 측은했는지 먹을 것도 나눠주고 낙오되지 않게 부축하며 끝까지 도와주었다. 하산을 하고 도와주었던 사람이 연락처를 물어왔는데 그때만 해도 큰일이라도 나는 줄 알고 안 된다고 버티었다. 그 백마 탄 왕자님과 연분이 맺어져 사랑을 키웠다면 운명이 바뀌었을지도 모르는데 말이다.

비에 젖어 엉망인 통에도 낭만 가득한 젊음이 있었는지 엉거주춤 어색한 포즈를 취한 촌스러운 사진 몇 장이 지금도 사진첩에 남아 추억을 머금고 있다. 사람의 뇌는 처음에는 모든 것을 강하게 각인시키는 법인지, 사진을 보니 그날의 기억이 생생하다. 그렇지만 구천동 민박집 덕석에 누워서 보았던 그 많은 별들은 다 어디로 갔을까? 그때 이후 아직 한 번도 그런 밤하늘은 보지 못하고 추억만 간직하고 있다.

그 후 근 20년 가까이 무주 땅을 밟아보지 못하다가 절친의 남편이 구천초등학교 교장으로 발령받는 덕에 그 친구와 함께 자주 들락거리며 구천동과의 연을 두텁게 쌓기 시작했다. 망우초를 좋아하던 그 친구는 생을 재촉하여 하늘나라로 간 지 오래지만 무주를 생각할 때마다 그 친구가 절절히 생각난다. 지금 살아있다면 그 어떤 사람도 그립지 않을, 세상에서 둘도 없는 우정을 나누며 내 인생을 더 즐겁고 행복하게 해주었을 친구.

여름과 겨울 방학 때 더러 그곳에서 묵었다. 학생들 자취하듯이 숙직실에서 냄비 밥을 해먹으며 여기저기 쏘다니며 놀았다. 주민도 아니면서 슬쩍 주민 할인권으로 곤돌라를 타고 설천봉에도 갔다. 상고대는 바닷속 산호초가 물결치듯 아름답게 피어나 산인지 바다인지 구분이 모호했다. 향적봉의 겨울은 늘 눈이 쌓여 있어 발목까지 푹푹 빠지며 은세계를 마음껏 즐길 수 있었다. 앞이 안 보일 정도로 눈 세례를 받는 날이면 코대대 눈대대 사람도 자연의 하나처럼 되었다. 괴물 같은 형상이 되어 친구와 나는 서로 얼굴 마주보며 폭소를 터트렸다.

백설이 뒤덮여 흙 한 점 보이지 않는 계곡을 따라 백련사의 완만한 산책길도 걸었다. 나무와 바위에 조형물로 빚어진 풍광은 마치 신선의 나라에 오기라도 한 듯 사뿐사뿐 절로 걸음이 걸어졌다. 세상이 온통 멈추어 버린 듯 말문이 막혀 탄성 이외에는 아무 말도 할 수 없는 무아경이었다. 무주의 매력에 푹 빠진 나는 친구의 도움을 얻어 내가 몸담고 있는 동아리의 겨울과 여름 문학캠프를 구천초등학교에서 가졌다. 마치 무주가 내 고향땅인 것마냥 실컷 자랑하며 신명이 났었는데 친구가 가고 난 뒤에는 그 추억마저 아팠다.

세월이 약이라고 그 친구와의 추억도 서서히 아름다움으로 승화되어 겨울이면 향적봉 상고대를 보려고 날을 받아 일삼아 무주를 찾는다. 나는 정읍 출신인데도 내장사를 뒷전으로 두고 무주구천동을 솔래솔래 제법 다닌 것 같다. 친구가 그리워서 갔고, 약간 비릿하면서도 얼큰하고 감칠맛 나는 어죽을 먹으려도 가고, 와인 동굴에 다양한 머루주를 맛보려고도 들렀다. 오는 길에 쫀득쫀득한 길거리 무주 찰옥수수를 사먹는 재미도 쏠쏠하다. 밥은 뒷전일 정도로 포도를 먹어대는 포도 광인 나의 욕구를 채워주었던 친구 덕에 지금도 포도 철이 되면 당도 높은 무주의 머루포도 맛을 잊지 못해 사나르기에 바쁘다. 또 우연한 계기로 김환태문학제에 참석하여 예전에 몰랐던 우리 고장 문학평론가의 삶과 작품도 접할 수 있었다. 이래저래 무주와의 남다른 인연이 이어진다.

여행을 한다고 바로 무언가가 남는 건 아니지만 시간이 흘러서 그날들을 되돌아보면 짜릿한 정서가 되살아난다. 무주는 나에게 있어 희비의 추억이 엇갈리는 곳이다. 처음 시작이 불안과 설렘이었다면, 친구와 함께한 시간들은 아름다웠지만 슬픔의 잔영이 깔려 있다.

무주는 내가 거기 첫발을 내디딜 때 흘러나왔던 그 노랫말처럼 '별빛 같은 눈망울로' 다가와 어서 오라고 내게 손짓한다.

安貧樂道

Pen on paper

2

문자 메시지
전화 오셨습니다
막무가내 세상
시내버스
끄트머리
잣대의 눈금
선입견

문자 메시지

한때는 우스갯소리로 시의원 나와 보란 소리를 들으며 살았다. 나는 일명 마당발로 통하는 사람이었다. 지금 생각해봐도 어지간히도 사람들을 만나며 인맥을 쌓았다. 본의 아니게 사람을 많이 알다 보니 실속 없이 하루 한 날 외출하지 않는 날이 별로 없었다. 당연히 생활은 어수선하고 진짜 내가 할 일은 뒷전이었다. 나이를 먹어가면서 얇고 넓게보다 좁고 깊게 사는 쪽으로 가고 싶어졌다. 어느 날부터 관계의 폭을 좁히기 시작했다. 새로 사귀는 일은 더더욱 삼갔다.

그래서 지난봄 둘째 딸 시집보낼 때도 친밀하게 지내고 싶은 사람만 선택해서 소폭으로 청첩장을 냈다. 그리고 결혼식을 치르고 하객으로 온 손님 대부분을 집에 초대해 식사 대접을 하면서 정을 나누었다. 지금이 어떤 세상인데 참 답답하게 산다고 할 수도 있다. 그렇지만 나는 그냥 그러고 싶어서 그랬고, 그래야 된다고 생각했다.

그러고 얼마 지나지 않아 친분이 있지만 더 가까이 지내고 싶은 K수필가의 딸 결혼식이 있었다. 신랑신부가 연예인이 아닌가 할 정도로 예쁜 모습의 잘 조화된 그림을 보는 것 같았다. 사돈지간도, 부모자식 간에도 자연스런 애정 표현이 넘쳐나는 보기 드문 아름다운 결혼식에 내가 당사자라도 되는 양 기분이 좋아졌다. 행복하게 잘 살기를 기도하며 마음껏 축하의 박수를 보냈다.

며칠 후 문자가 왔다. '어느 날 어느 식당에서 아무개와 함께 몇 시에 만나요.'였다. 참 간단도 했다. 내 의사는 들어보지도 않고 일방통행이다. 올 수 있으면 오고 아니면 말고 하는 식의 성의 없는 통보식 초대로 느껴졌다. 기분이 언짢았다. 단체도 아니고 겨우 세 명이 만나자는데 전화 한 통화가 그리도 힘들었을까. 이건 마지못한 인사치레 초대이지 않은가. 진정으로 초대하고 싶으면 시간이 괜찮겠냐고 의사를 물어 조율을 해야 되는 게 아닌가. 속 좁고 꼬여 있는 사람이라고 할지는 모르지만 나는 가고 싶은 생각이 전혀 들지 않았다. 아무것도 아닌 것에 예민하고 골똘하게 생각하는지도 몰랐다. 상대의 그 진심은 알 수 없으나 어쨌든 간에 내

성미에는 맞지 않았다.

약속 당일 시간이 다 되어 가는데도 참석여부를 묻는 전화가 없다. 무단으로 가지 않을까 생각하다가 내 기본적인 도리는 해야 될 것 같아 나는 못 간다는 문자를 보냈다. 사실 다른 모임이 하나 더 있었지만 사람 만나는 것에 대한 회의가 일어 다른 모임까지도 가기 싫어졌다. 그날은 꼼짝도 않고 저녁 내내 찝찝하고 우울한 시간을 보냈다. 덕분에 저녁밥까지도 굶어버린 채.

누구는 상습적으로 문자를 보내 상대가 전화를 하게끔 상황을 만들기도 하고, 또 누구는 전화한답시고 한두 번 벨을 울리고 끊어버리는 경우도 있다. 나름의 구차한 이유가 있긴 하겠지만 참 얄미운 처사다. 이럴 땐 문명기기인 휴대폰이 사람을 야비하게 만드는 요물 같다. 사람을 사귀는 것이 마음을 주고받는 행위라 생각할 때 문자 메시지 몇 자로 서로 소통한다는 것은 좀 부족하지 않나 싶다. 경우에 따라서는 문자 메시지가 만남보다, 전화 통화보다도 요긴하고 꼭 필요할 때도 있긴 있으리라.

사회적 관계에서는 싫어도 이 사람 저 사람 헝클어진 만남을 할 수밖에 없지만, 인간적 관계에서는 굳이 깊이 없는 만남은 가져야 할 필요성을 느끼지 않는다. 입맛에 인스턴트음식이 맞지 않아 발효된 전통음식 위주로 식생활을 하고 있는 것과 마찬가지로 내 성미에는 영 맞지 않는다. 나는 인간관계의 척도를 진정성에 둔다. 수신된 짧은 문자 메시지만으로 상대방의 마음을 읽기가 쉽지 않아 오해 소지도 있겠지만 그런 경우 문자메시지를 보낸 것 자체가 난 못마땅하다. 말 몇 마디로 충분할 것을 그리도 전화하기가 번거로웠을까.

초대는 사랑이다. 사랑 표현을 좀 더 적극적으로 하면 좋겠다는 생각을 해본다. 몇 줄의 쪽지편지는 아니더라도 적어도 따뜻한 음성으로 전달하면 훈훈한 마음이 될 것 같다. 먹는 것이 중요한 게 아니다. 국수 한 그릇 먹기 위해 몇십 리 길을 갈 수도 있고, 한 끼 식사에 몇만 원하는 식사도 내키지 않을 때가 있는 것이다. 피부에 와 닿는 정과 대화가 그립다. 과학의 덫에 걸려 사람들의 인성이 메말라 가는 것은 서글픈 일이다.

가벼운 세상에, 더 가벼워지는 게 휴대폰 문자이지 싶다. 문자 메시지는 편리하기도 하고 가끔은 짧은 몇 마디의 메시지가 애교스럽고 상큼하기도 하다. 그러나 더러는 전화기에 수신된 짧은 문자메시지가 건조하게 느껴진다. 문자메시지의 위상을 어디까지 높여 인정하며 대접해 주어야 할지 그 정도를 나는 잘 모르겠다. 문화가 변해 가는데 따라가지 못하는 사람을 문화지체자라 한다는데 바로 내가 그 문화지체자인가. 결론은 속 좁은 나의 탓이려니 하기도 하지만 좀 떨떠름한 기분은 어쩔 수가 없다.

며칠 뒤에 문학행사에서 K선생을 만났다. 아무렇지도 않게 왜 그날 무슨 일이 있었냐면서 안 와서 서운했다고 말한다. 내가 문제가 있는 걸까? 다른 아무개 선생도 나와 똑같이 문자 메시지로 연락을 받았는데 참석했을까? 궁금했지만 더 이상 치사한 사람이 되고 싶지 않아 물어보지 않고 천연덕스럽게 시치미를 뗐다.

전화 오셨습니다

5년 전, 없는 돈에도 조금 불려보겠다
는 속셈으로 펀드에 투자했다. 한 1년 반 정도는 왜 관심이
없었겠는가만 잊어버린 양 하면서 놓아두었다가 어느 날 좀
이 쑤셔서 도대체 얼마나 불어났을까 하고 확인해 보았다.
이자는커녕 원금마저 한참을 깎아먹은 마이너스다. 인내심
을 가지고 몇 달 간격으로 체크를 해보았는데 근 3년이 더
지나도 도대체 회복할 기미가 없어 그냥 해지신청을 했다.
창구직원은 절차상 바로 입금 처리가 되지 않고 일주일 후쯤
이나 통장에 돈을 넣어준다고 한다. 제기랄, 그렇잖아도 속
이 싱해 죽겠는데 수수료에 날짜까지 지연되니 여간 화가 치
미는 것이 아니지만 제도가 그렇다는데 어찌하겠는가.

날짜가 되어 통장정리를 할 겸 은행을 찾았다. 현금출납기로 처리를 하는데 창구에 상담하라며 에러가 났다. 창구직원은 확인을 하면서 '돈이 이 통장에 들어오신 것 같은데 조금만 기다려 보시라.'고 한다. 그러더니 '예, 이 통장에 돈이 들어오셨네요.' 한다. 기왕 '돈이 들어오셨다.'고 높일 것 같으면 차라리 '돈님'이라고까지 높여버리지 하는 생각이 들어 픽 웃었다. 무심코 사용한 말일 테지만 영 거슬렸다. 나는 일상에서 '하시고 계시고'처럼 이중존칭을 쓴다든가, 자기를 높여 쓰거나 사물에조차 존칭을 쓰면 껄끄러워 금방이라도 지적을 해주고 싶은 생각이 든다.

내가 흔히 듣는 그런 존칭에 이런 것들이 있다. 제가 알고 계신, 제가 아시는 분, 날씨가 추우신데, 자장면이 나오셨습니다, 세일이 시작되셨습니다, 말씀이 계셨습니다, 미술에 소질이 계십니다, 넓으신 의자에 앉으세요, 옷이 얇으신데요, 삼천 원이십니다, 텔레비전이 나오십니다, 호명하신 분들 나오세요, 우리 아버지는 일찍 암이 오셨어요, 땀이 나오셨습니다, 전화가 오셔가지고 등등. 참 수없이도 많다. 특히 내 친구 중의 누구는 자기 남편을 깍듯이 높여 존칭을 쓰기도 한다. 우리 남편이 '식사를 하시고, 주무시고, 뭐 어디를 가서 가지고'를 쓸 때는 '도대체 자기 남편이 얼마나 존경스러우면 저렇게까지 높임말을 쓸까' 하고 대단하게 느껴지다가도 결국은 '참 꼴불견이구나.' 하는 거부감이 온다. 친근감을 이유로 부부간에 쉽게 말을 놓고 '야자'를 하는 것도 가벼워 보이지만 자기 남편을 별스런 존재인 양 높여서 말하는 것은 봐주기가 더 힘들다.

전주 모 방송에서 지역신문읽기 캠페인을 했다. 친근감 있게 시청자에게 전달하기 위해서 평범한 아줌마를 등장시켰다. 식당을 운영하는 아줌마인데 '지역신문을 읽으면서 아시는 분이 신문에 나와 전화해주면 좋아한다.'는 멘트를 한다. '아시는 분'이 아니라 '아는 분'이라고 해야 맞을 것이다. 상대방을 높이려다가 자신을 높인 셈이다. 하루에도 몇 번씩 나오는 방송이라 계속 듣다가 방송국에 전화를 걸어 지적을 해주었다. 방송국 측에서는 잘못되어 있는지도 모르고 있었다. '알겠다.'면서 '한번 녹화된 것이라 어쩔지 모르겠다.'고 했다. 그 뒤로도 대충 짐작건대 한 달 이상 그대로 나오다가 어느 날 보니 멈추었다. 그 아줌마야 긴장을 하거나 상대를 높이려다 말이 헛 나올 수도 있었을 테지만 방송국이야 얼마나 프로그램을 소홀히했으면 그것을 제대로 편집하지 않고 그대로 내보낼 수 있을까 싶었다.

무의식적으로 높임말을 더러 잘못 쓰는 경우가 있겠다 싶지만 그것이 습관이 되어 굳어진 말버릇이 된다면 맞지 않는 언어를 구사하면서도 자기가 바르지 못한 언어습관을 가진지도 모르고 사는 사람이 될 것이다. 그렇다고 그러려니 하고 방관하여 그것을 전혀 문제삼지 않는 것도 문제가 되겠다. 일반인뿐만 아니라 하물며 전문적으로 글을 쓰는 사람과 방송에서 말로 먹고사는 사람도 그런 실수를 하는 것을 가끔 보게 된다. 말과 글을 통해 세상에 전파력이 강한 사람들이 그러니까 더 답답하고 신경이 쓰인다. 영 거북스러울 때가 한두 번이 아니다.

갈수록 높임말 과잉에 호칭 인플레다. 어른에게 높임말을 쓰며 존경하는 것은 당연한 일이다. 그러나 맞지도 않는 존댓말을 무조건 과도하게 쓰면 거부반응이 나타난다. 물론 존칭을 많이 써서 높여 주었다고 큰일 날 것도, 손해 볼 것도 없지만 그래도 그렇지. 무조건 존칭을 쓰는 것이 상대를 높이는 말투라고 생각하는 것은 착각이다. 오히려 아부하는 듯한 느낌이 들어 불쾌하고 그 사람의 국어수준을 의심하게 된다.

모처럼 문우들끼리 만나 교수님과 함께 회식을 했다. 여기 저기서 화기애애한 이야기들로 분주하다. 때마침 교수님의 핸드폰이 울린다. 시 쓰는 한 친구가 못 알아들은 교수님한테 '교수님, 전화 오셨습니다.' 한다. 때마침 내 전화도 울린다. 글쎄 교수님 전화는 오셨는데 하찮은 내 전화는 어떤가, 그냥 온 것인가.

막무가내 세상

얼마 전 전주 시내를 떠들썩하게 만들었던 어떤 아파트 청약이 있었다. 아들이 앞으로 집을 장만해야겠기에 정보를 얻을 겸 모델하우스 구경을 갔다. 그러나 도떼기시장을 방불케할 정도로 실수요자들보다 투기꾼들이 몰려들어 난장판이었다. 당첨은 아예 꿈도 꿀 수가 없었다.

일찌감치 포기하기로 하고 밖으로 나왔는데 차를 움직일 수가 없다. 물론 차가 많아서이기도 하지만 고급차 한 대가 턱하니 도로변 출입구를 막고 있었다. 그 차 때문에 십여 대 이상의 차가 시동을 걸고 기다렸다. 여러 명 있는 주차안내원도 갈팡질팡하고 있었다. 자칭 장애인이라는 어떤 여자가

지정된 먼 곳에 주차하고 어떻게 여기까지 걸어오겠느냐며 막무가내로 차를 받치고 신고하려면 하라고 큰 소리 치며 들어가 버렸다는 것이다.

마침 딸애하고 약속한 시각이 다 되어가는 터라 속이 타 주차안내원에게 채근했더니 경찰에 신고해 놓았으니 조금만 기다리라고 했다. 방송을 하기도 하고, 주차안내원이 직접 모델하우스에 들어가 수소문하는 등 난리를 떨고서야 장애인이라는 여자가 멀쩡하게 걸어 나왔다. 온갖 멋을 부려 치장한 50대 중반 정도쯤 되어 보였다. 그 여자는 아직 구경도 다 안 했는데 불러댔다며 입에 담지 못할 험한 욕에 삿대질까지 해가며 고래고래 소리를 질렀다. 난 화가 나 미치겠는데 아무도 그 여자에게 나무라는 사람도 없고, 주차요원도 도리어 쩔쩔매며 어서 가시라고 달래어 보내는 것이었다. 이거 참 이래도 되는지 모르겠다. 주객이 전도됐다는 말이 바로 이런 것을 두고 한 말인가?

지하철 안에서 옆 좌석이 불편하니 다리를 포개지 말아달라고 부탁한 할아버지한테 어느 청년이 발광을 하며 마구 욕설을 해대고, 아기가 귀엽다며 만진 할머니한테 애 엄마가 욕도 모자라 폭력까지 행사했다던, 방송을 통해 말로만 듣던 세태가 내 앞에서 지금 전개되고 있는 것이다. 세상에 이런 사람도 진짜 있는 것이구나, 얼마나 잘나고 배짱이 좋으면 이렇게까지 할 수 있을까, 둔기로 뒤통수를 된통 얻어맞은 듯 어안이 벙벙했다. 그야말로 '묻지 마'의 막된 행동이다. 남은 전혀 생각지도 않고 자기 마음 내키는 대로 살아가는 저 뻔뻔함, 저 몰상식, 저 무모함, 저 철면피, 저 오만방자, 저 후안무치, 저 낯가죽, 저 낯빤대기, 저 낯두껍이, 저 인두껍, 저 개똥녀, 저 안하&방약무인……

고등학교 때 우리 국어 선생님이 가르쳐주시길 사람은 '난 사람, 든 사람, 된 사람'이 있는데 그 중에서도 제일은 된 사람이라고 했다. 그런데 왜 막무가내로 판치며 목소리 크게 질러대는 사람이 제일이 되었을까? 참 이상하다. 선생님이 잘못 가르쳐준 걸까? 이거 찾아가 다시 여쭈어봐야 되는 건 아닌지.

시내버스

차를 부리기 전까지 나의 교통수단은 자전거 아니면 택시였다. 일반적인 대중교통수단인 시내버스가 왜 아니냐고 할는지 모르지만, 글쎄 제 시간이 되어 버스가 올 때까지 기다리기가 지루해서 웬만한 거리는 차라리 걸어 다녔다. 그리고 여자가 무슨 자전거냐는 눈치를 모르쇠하고 아무렇지도 않게 나는 자전거를 잘도 탔다. 아이들 셋을 자전거 안장에 앉혀 데리고 다니면서 키웠다. 아무리 비싼들 대수냐고 바쁘면 택시도 가끔은 탔다. 그러고는 나에게도 마이카 시대가 왔다.

자가용은 참으로 편리한 교통수단이다. 지루하게 기다리지 않아도, 남의 눈치를 살피지 않아도 된다. 그보다도 시간에 별 구애받지 않고 가야 할 곳이나 가고 싶은 곳에 쉽게 갈 수 있는 기동력이 있어 좋다. 때로는 교외의 한적한 길을 바람을 맞으며 드라이브하는 재미 또한 쏠쏠하다. 그러나 문제는 기름 값이다.

그러던 어느 날 시내버스 교통카드 환승제가 있다는 이야기를 들었다. 기름 값도 비싼데 차를 가지고 나가기가 여의치 않을 때는 택시보다 시내버스를 이용하는 것도 재미있겠다 싶어 교통카드를 구입했다. 시내버스 교통카드를 한 번 두 번 이용하다 보니 신기하기도 하고 제법 옹골지다. 교통카드는 현금보다 오십 원이 저렴하기도 하지만 내릴 때 입력하고 30분 이내에 다시 버스를 타면 무료로 이용할 수도 있다. 그러니 택시를 타면 만 원 이상 들어야 할 거리도 구백오십 원에 왕복할 수 있는 기쁨을 주기도 한다. 자주 오지 않는 시내버스 구간은 일단 갈아탈 수 있는 정류장까지 가서 환승하면 차비를 더 내지 않고도 목적지까지 쉽게 갈 수 있다. 작은 행복이다. 현금에서 회수권, 그리고 이젠 교통카드. 우리 서민들한테는 유익하고 편리한 복지제도인 것 같다.

시내버스를 이용하다 보면 재미있는 구경거리를 만나기도 한다. 몇 달 전이었다. 덕진에서 남문 쪽으로 가고 있는데 사복 차림의 여학생이 버스를 탔다. 교통카드가 없었던지 천 원짜리를 요금 통에 넣고 나오는 거스름돈을 받아갔다. 학생요금은 팔백 원이라 백 원짜리 주화 두 개가 나와 있는데 학생이 한 개만 가져가 백 원이 남은 모양이었다. 버스기사가 친절하게도 학생을 불러 남은 돈 백 원을 가져가라고 말하는데 그 학생은 못들은 척 가만히 있었다. 그러니까 기사는 재차 "학생 남은 돈 가져가야지." 했다. 그러자 그 학생 짜증을 내면서 '귀찮아 죽겠는데 왜 그러세요.' 하고 신경질을 냈다. 그 학생에겐 백 원의 가치가 한 번 움직이는 것보다 못했는가 보다. 참, 이제 우리는 부유한 나라 배부른 세상에 사는가 싶기도 하다. 그런데 그런 행복의 나라에서 어떤 시골할머니는 그 백 원을 아끼려고 모자란 요금을 백 원짜리와 십 원짜리 동전을 섞어서 요금 통에 적당히 넣다가 기사양반한테 들켜 있는 욕 없는 욕 다 얻어먹기도 한다.

내가 중학교 때는 버스요금이 십 원이었다. 그때 내겐 십 원이 참으로 컸다. 등굣길은 어쩔 수 없이 버스를 탔지만 하굣길은 대부분 걸었다. 십 원을 위하여 정읍에서 시골집까지 20리가 넘는 길을 걸었던 것이다. 십 원이면 조카 눈깔사탕 두 개를 사다 줄 수 있었고, 또 돈을 모아 쌓이면 어버이날 부모님 선물도 사다 드릴 수 있었다. 지금 생각해보면 소박하고 순수했던 그 시절 내 모습이 아름다운 것인지 서러운 것인지 분간하기 어렵다.

지금도 가끔은 시내버스를 타고 그냥 행선지도 없이 종점까지 가볼 때가 있다. 엊그제는 고산행 버스를 탔는데 기사님이 라디오를 크게 틀어놓고 즐기면서 운행을 한다. 입가에

싱글벙글 미소를 지으면서 아뿔싸 방송국에 전화 참여까지 하는 것이다. 아마 마누라 생일이었던 모양이다. 생일 축하하고 싶다면서 신청곡을 주문한다. 김현식의 〈사랑했어요〉 신청곡이 나오자 신바람이 나서 세상에서 제일 행복한 사람처럼 콧노래를 부른다. 오르내리는 손님들에게도 인사를 하는데 고조된 목소리다. 퍽이나 재미있고 특이한 기사였다. 버스를 타면 한눈을 팔아도 되고 이런 이야기를 들을 수 있어서도 좋다. 어딘가 모르게 느긋한 마음의 여유도 생긴다.

그런데 요즈음 시내버스 파업이 장기화되어 해결될 기미가 좀처럼 보이지 않아 걱정이다. 내 어린 시절의 추억과 함께 소시민들의 삶의 애환을 실어 나르는 시내버스를 불편하지 않게 이용할 수 있는 그날이 하루속히 오길 고대해본다.

끄트머리

끄트머리, 지친 내게 섬광처럼 온 낱말이다. 물론 그 뜻이야 '끝'과 다름이 없지만 그보다 오히려 더 천하고 속된 느낌이 드는 말이기도 하다. 그런데 나는 이 촌스런 말에서 싹을 틔우는 생명을 보았다. 아마 '끄트머리'는 '끝의 머리'가 의미변화를 일으킨 말일 것이다. 그래서 나에게 '불행의 끝'을 알리는 메시지인 듯하면서 '행복의 시작'을 알리는 징조인 양 이 어휘가 다가왔는지 모른다. 끄트머리는 끝이 '트'여 싹이 나고 '머리'가 생성되니 시작이 들어 있음이다. 어린아이가 캄캄한 엄마 뱃속에서 세상을 향해 머리를 내밀듯 새로운 출발이 거기 있다.

머리가 있으면 꼬리가 있어야 완전한 하나가 이루어진다.

머리만 있고 꼬리가 없다면 그것은 기형이나 다름없다. 시작과 끝은 유기체적 상관관계로 자연의 순환이며 한몸이다. 과유불급過猶不及이라고 넘치는 생활만 주어진다면 불감증에 걸려 감사를 모르고 무의식 속에 단물만을 좋아하는 에고에 빠질 수가 있다. 끝을 경험해봐야 머리의 소중함도, 끝의 어둠도 보듬을 줄 안다. 인생사 양면이 공존하며 파동을 칠 때 삶의 묘미와 참맛을 제대로 느낄 수 있지 않겠는가.

청소년들의 선망인 연예인들은 겉의 화려함과는 달리 인기가 떨어질까 봐 심리적 강박감으로 더러는 우울증에 시달린다고 한다. 정상의 자리인 머리에 있을 때 겸허히 살고, 조금 밀리어 끝에 있다고 생각될 때 희망을 가지고 오를 수 있음을 믿는다면 우울증까지 가진 않을 것이다. 많은 것을 가진 사람들이 오히려 더 행복을 느끼지 못하는 것은 이런 불안감과 더 많이 가지려는 욕망이 작용한 탓이 아닐까 생각된다.

인생을 길게 보자. 길게 보면 절망도 잠깐이지만, 짧게 보면 마음이 급해지기 마련이다. 현상적인 것에 머물지 않고 그 너머 숨어 있는 본질적인 것을 봐야 마음의 여유가 생기고 사유가 깊어진다. 시련과 고통이 모든 희망과 행복을 덮쳐버려 캄캄한 암흑만을 만드는 것은 아니다. 칠흑같은 어둠 속에도 분명 바늘 끝 하나만큼이라도 빛이 들어 있다. 희망이 송곳으로 칠흑의 어둠을 깨면 바늘 끝 빛이 점점 밝아져 아침의 태양이 떠오를 것이다. 끝이 전체인 양 자포자기하고

」심지어 자살을 하는 극단을 저질러서야 되겠는가.

즉물적이어서는 사안을 제대로 보지 못해 오류를 저지를 수밖에 없다. 잃는 것 같지만 서로 상생하며 얻어진다는 것은 분명한 사실이다. 인생사 새옹지마라 하지 않았던가. 절망의 끝에 서 있을 때라도 조금 지나면 좋은 쪽으로 풀릴 것이라 믿으면 마음의 위로가 되기도 하고 또 실제로 그렇게 되어간다. 겨울이 봄을 낳듯 절망 속에는 분명 희망의 머리가 들어 있기 때문이다.

제행무상諸行無常. 모든 것은 변한다. 생성과 소멸의 반복 작용으로 태어난 것들이 죽고, 죽은 것들이 태어난다. 용머리도, 뱀 꼬리도 다 지나가는 한때이듯이 고통도 다 지나간다. 이론적으로야 왜 모르랴만 실제로는 힘든 것들에 대하여 못 견뎌하는 것이 나약하기 그지없는 우리 인간의 모습이다. 희망을 갖고 최선을 다하는 길밖에는…….

나도 한때 시련의 끄트머리에서 얼마나 발버둥쳤던가. 그때는 못 살 것 같았지만 세월이 지나니 그게 보약이 되었다. 그런 경험이 없었더라면 아직도 더 많은 것에 욕심 부리며 허위와 허식으로 허덕이고 있을 것이다.

한 해를 보내면서 끝이 있어야 시작이 있음을 다시 한 번 느껴본다. 지금 끝인가 싶은 절망의 끝에 서 있다면 아무것도 보이지 않을 수도 있겠지만 고통 없이 어찌 행복을 찾아낼 수 있겠는가. 늘 긍정의 마음으로 기쁘게 살다 보면 끄트

머리에서도 우리가 기다리고 동경하던 꿈은 또다시 용틀임
할 것이다.

지금은 끝이 아니라 끝의 머리인 시작이다.

잣대의 눈금

건지산의 6월은 밤꽃 냄새가 진동한다. 거의 매일 산에 다니는 나는 밤꽃 철이 되면 산 입구에 들어서자마자 비릿한 냄새에 산멀미를 하는 듯 속이 느글거린다. 사람들의 이야기를 들어보면 더러는 이성을 유혹하는 성페로몬 정도로 느껴져 풋밤 같은 묘한 두근거림이 있다고도 하는데 나는 밤꽃 냄새가 영 거북하다. 특히나 어정쩡한 날씨에는 더욱 그렇다.

아, 밤꽃 냄새를 좋아하는 사람도 있는 것이구나. 그 냄새는 누구나 썩 좋아하지 않을 것이라는 내 단정적 생각이 편견이었음을 알았다. 좋은 냄새를 향기라며 긍정하고, 나쁜 냄새를 악취라고 부정하는데 향기와 악취는 이현령비현령인 것 같다. 하나의 밤꽃에서도 향기와 악취로 극을 오간다. 결국 향기도 악취도 하나인 것을 현상과 본질을 같은 선상에 놓지 않고 주관적인 가치관이 개입된 잣대로 눈금을 읽고서 이러쿵저러쿵 하는 것이다. 하늘에 구름이 높게 떠 있으면 비가 오기를 기다리는 사람은 '비가 곧 오겠구나.' 하고 비를 기다리지 않는 사람은 '날씨가 맑겠구나.' 한다는 것이다.

어떤 방송과 인터뷰한 일이 있었다. 나이를 물어보기에 몇 살이라고 말했더니 진행자가 '아, 나이가 참 많으시군요.' 한다. 어, 내가 그렇게 나이가 많은 것인가. 전화를 끊고 나서 정작 인터뷰 내용보다 그 말이 내내 마음에 걸려 심기가 불편했다. 많기는 하지만 그리 많은 나이라고 인식하지 않고 살았는데 아들 같은 진행자의 입장에서는 내가 늙은이처럼 느껴졌던가 보다. 그래도 그렇지, 상대방의 기분도 좀 생각해줬으면 좋았을 걸. 하기야 낼 모레 환갑이니 많다고 봐야 될 나이지만. 예순 넘은 사람들은 나보고 아직도 한창 좋은 때니까 젊음이 있을 때 멋지게 살라며 부러워한다. 다 자기한테 기준을 두고 상대방을 읽기에 가끔 가다 내 나이는 젊기도 하고 늙기도 하는 고무줄 나이가 된다.

킬 힐 슈어홀릭kill heel shoeaholic들이 TV에 나와서 음식점에서 신발을 잃어버렸는데 싼 것이지만 애착을 갖는 신발이라서 속이 상했단다. 진행자가 얼마냐고 물으니 80만 원밖에 안 한다는 것이다. 신발에 대한 마니아들이라 투자를 아끼지 않는다고는 하지만 신발 한 켤레 값이 8만 원도 아니고 80만 원이라면서 하찮은 듯 말한다. 몇만 원 하는 파마 값 아끼려고 참고 또 참았다가 동네 미장원에 터벅터벅 걸어가 머리를 하는 나에겐 정말 거액에 해당되는데 말이다.

그렇다. 인간의 생각은 고정된 것이 아니어서 잣대의 눈금도 언제든지 움직일 수 있는 것 같다. 개념도 애매하다. 하나의 사물도 여러 각도에서 바라보면 천양지차로 느껴진다. 처한 상황에 따라 자기가 믿는 게 선도 악도 된다. 문제의 답을 요하는 것이라면 답이 무한정일 수 있다는 것이다. 하나의 상황을 여러 측면에서 생각해보는 것은 좋은 일이나, 그 판단의 잣대는 얄팍한 자기 경험과 지식과 상황에 기초한 통념 내지 편견인 경우가 적지 않다. 개인의 고정관념, 사회의 고정관념, 시대의 고정관념에 함몰되어 '뭣은 뭣이다.'라고 단정짓는 것은 참으로 위험한 일이다. 틀리고 맞고의 이분법적 판가름이 아니라 단지 다른 것일 뿐인 게다.

정의의 여신 디케는 눈까지 가린 채 저울의 균형을 잡았다 한다. 우리가 보고 느끼고 생각하며 판단한 것이 과연 정확한가. 진리가 존재하는가. 해는 꼭 동쪽에서만 뜨는가. 고정되어 있는 것은 이 세상 어느 것도 없다. 진실은 바라보는 사람의 마음에 따라 왔다 갔다 한다. 다 그만두고 하다못해 시행착오라도 따르기 마련이다. 중요한 것은 우리가 보는 것이 단지 빙산의 일각일 수도 있다는 것이다. 어떻게 보느냐에 따라 용이 될 수도 뱀이 될 수도 있음이다.

한 편의 시도 읽는 이에 따라 여러 가지로 해석될 수 있듯이 정답이라는 게 아리송하다. 여성의 흰 머리 역시 이중적 잣대로 잴 수 있다. 늙고 힘없고 자기 관리 소홀의 결과물인 반면, 때론 점잖음과 로맨스와 전문성의 상징으로 비춰지기도 한다. 결국 선입견, 자기 관점의 고정관념으로 굳어진 생각의 잣대로 재는 눈금은 한 개인의 시각이지 전체가 아니라는 것이다. 그렇다고 다수가 또 무조건 옳은 것만도 아니니 백인백색인 세상에서 모든 것을 있는 그대로 인정해주는 것만이 해답이고 원만한 세상살이가 아닐까 생각해 본다.

흑백이 아닌 총천연색 세상에서 흑백논리로 단정지으며 우를 범한 적이 얼마나 많은가. 취향이나 개성도 없이 공장의 완제품처럼 모두가 똑같다면 어디 재미없어 살겠는가. 때로는 인사이더가 아닌 아웃사이더가, 낯익히기가 아닌 낯설게 하기가 주목을 받고, 탈이 빚어내는 창의성이 세상 살맛을 더하지 않던가. 많은 관점에서 다양하게 유추하고 생각하는 세상은 새롭고 아름다움이다.

굳이 예리한 잣대로 남을 재단하며 제로섬 게임을 하지 말지어다. 너와 나 사이의 경계를 허물고 서로의 차이를 인정하고 원원하며 살 일이다. 나만 옳다 생각하면 괴롭다. 호들갑떨며 발끈할 필요도, 속상할 필요도 없이, 묵묵히 중도를 걸으면 평안하리라.

올여름 무더위의 시작을 알리는 건지, 자기 존재를 증명하는 것인지 뻐꾹새가 요란을 떤다. 뻐꾹새가 우는 것인지 노래하는 것인지 난 잘 모르겠다.

선입견

　　　　　이슬을 머금은 호젓한 낙엽길을 숲
속 요정이라도 된 듯 사뿐사뿐 걷는다. 아침의 맑은 공기만
큼이나 내 몸과 마음도 상큼하게 산에 젖는다. 몇 달 전까지
만 해도 다람쥐 쳇바퀴 돌듯 제자리걸음만 하는 조막만 한
산일 거라고 홀대했던 앞동산인데 요즈음은 자주 찾아 산책
겸 운동을 즐긴다. 마치 어린 시절 시골 동네에 살았을 때
가끔 언덕배기 아지랑이 피어오르던 뒷동산과도 같아 더욱
정겨운 산이다.

　산 옆 아파트 주민들이 일구는 텃밭에서 가지, 오이, 상추
등등 푸성귀가 하루하루 달라지는 과정과 경지정리가 안 된
다락논에 새겨지는 벼의 일대기를 살피는 일은 눈요깃 감으

로 그만이다. 또 산과 한살처럼 붙어 있는 초등학교 운동장에서 뛰도는 아이들 재잘거리는 소리도 정겹다. 도심 속에서 시골 풍경을 한껏 맛볼 수 있는 이런 곳이 흔치 않으리라는 생각이 든다.

산 입구에 들어서면 작은 소나무가 반긴다. 나는 습관적으로 그 소나무를 탁 한 대 때리는 것으로 신고식을 하고 산에 들어선다. 그래도 인사를 그따위로 하다니 몹쓸 버릇이다. 소나무가 대부분이지만 떡갈나무와 다른 잡목들도 그들의 식구이다. 이곳은 청설모랑 꿩이랑 그 밖의 작은 새들도 자주 눈에 띄는 청정지역이다. 비둘기가 사람들을 경계하지 않듯이 청설모도 자기네들을 해치지 않을 것이라는 것을 알아챘는지 사람이 지나가도 재롱을 떨며 놀고 있다. 어쩌다 노루 한 쌍도 만난다. 처음에 산 옆 논을 뛰어다니기에 설마했는데 엊그제는 가까이에서 노루를 볼 수 있었다. 작고 낮은 산인데 노루까지 살고 있다는 것이 믿기지 않는다. 이렇게 좁은 공간에서 어디에 터 잡아 집을 짓고, 먹이는 어떻게 조달하며 살고 있는지 궁금하다.

짧은 동선으로 이어진 평편한 길과 비탈길을 두어 번 오르락내리락 하고 나면 한 가슴에 안아지지 않는 소나무가 산 끄트머리에 있다. 자잘한 나무들 속에서 유일하게 큰 이 소나무는 두 팔 벌려 아무리 사랑 표현을 해도 목석 같은 사내처럼 미동도 하지 않고 턱 버티고 서 있다. 아마도 이 산의 터줏대감으로 체통을 지키고 있는지도 모르겠다. 철없이 위로만 쭉쭉 뻗은 다른 소나무와는 달리 그리 크지 않은 키에 연륜이 묻어나는 멋진 풍채가 화폭에 옮겨놓아도 그리 손색이 없는 나무다. 입구에 서 있는 작은 소나무가 중학생 정도의 손자라면 이 나무는 할아버지 정도로 모든 나무들을 아우르는 것 같다.

이렇듯 꽤 괜찮은 산을 다른 사람들이 함께 가기를 권하는데도 작고 볼품없어 시시할 거라고 단정지어버리며 코앞에 있어도 오랜 세월 접하지 않고 살았다. 운동하기에 좋고, 이야깃거리가 많아 심심하지 않은 산이 가까이서 부르는데도 말이다. 좋은 보석을 앞에 두고도 발견하지 못하면 내 것이 아니듯 나는 등하불명이었다.

처음 산에 들어갔을 때 밖과 안은 천양지차였다. 진면목을 제대로 알지도 못하면서 외양만 가지고 판단해버린 것이다. 겉으로 보여지는 볼품없이 작다는 이유만으로 별 볼일 없는 산으로 홀대해버린 나의 태도에서 혹여 사람도 외양만 보고 대하지 않았을까 되짚어 본다.

그러고 보니 내 선입견 때문에 크게 실수한 일이 생각난다. 어느 날 청주에 가는데 좌석이 딱 한 군데만 남았었다. 그런데 그 좌석 한쪽에는 거지에 가깝게 남루한 사람이 앉아 있었다. 장거리라 서서 갈 수도 없어 한참을 서서 버티다가 어쩔 수 없이 무슨 병균이라도 옮길 것 같은 두려운 마음으로 그의 곁에 앉았다. 어떻게 하다가 그분과 이야기를 하게 되었는데 도시생활이 지겨워 산골에 들어가서 자연인으로 사는 사람이란다. 아는 것도 많고 사람 참 괜찮다 싶을 정도로 사고가 올바랐다. 나중에 내가 미안하다고 사과를 했는데 그분의 말인즉 나뿐 아니라 대부분의 사람들이 자기를 그렇게 대한다는 것이다.

고정관념에 찌든 선입견은 진면목을 보지 못하고 수박 겉핥기식으로 판단해 버리는 오류를 낳는다. 선입견으로 '그저 그럴 것이다.'라고 넘겨짚는 행위는 얼마나 위험한 처사인가. 고정관념에서 자유로워져야 한다. 세상 만물은 수많은 변수가 있기 마련이다. 보여지는 겉면의 초라함만 보지 말고 감추어진 아름다운 내면도 있을 거라고 생각해본다면 아마도 큰 실수는 하지 않겠지 싶다. 내가 매겨놓은 선입견에 매달리지 말고 열린 마음으로 세상을 깊고 넓게 바라보며 살 일이다.

Gravity
Pastel on paper

3

새벽의 방황

잠 못 이루는 밤

내 것이었다 내 곁을 떠난 것들

팜므파탈을 꿈꾸는 여자

우리 집에 놀러 오세요

부끄러운 풍요

자유로운 구속

새벽의 방황

한때 많이 아팠었다. 서서히 회복되어 지금은 건강하게 살고 있지만 그 이후 살아있는 것 자체에 무게 중심을 두며 부지런을 떨면서 산다. 내 삶에 주어진 시간의 유한성을 깨닫게 되니 조금이라도 깨어 있는 시간을 많이 가지려고 잠자는 시간마저 최소한으로 줄인 지가 한참이다. 어떤 강박에 시달리는 것이 바람직한 것은 아닐지라도 건강에 지장이 없을 정도만 잠을 자려고 노력한다. 그렇다고 뭐 거창하게 시간을 아껴 알뜰하게 사는 것은 아니지만 늘 의식 속에 흘러가는 시간에 대하여 아까운 생각을 하고 지낸다. 그때부터 나는 계절에 따라 다르지만 될 수 있으면 5시경에 일어나 하루를 시작한다. 아침에 일찍 일어나 움직이니 한나절을 버는 듯 시간이 마다다.

　그런데 그런 귀한 시간을 괜한 일로 낭비하는 일이 잦으니 탈이다. 그날도 새벽부터 이것저것 부엌일을 하다가 음식물 쓰레기를 버리려 나갔다. 2년 가까이 살던 이 집에서 아마도 수백 번은 현관문을 드나들었을 터인데 그만 출입문의 비밀번호를 잊어버렸다. 낭패도 보통 낭패가 아니었다. 습관적으로 눌러대던 번호를 아무리 눌러봐도 계속 에러가 나왔다. 그것마저도 세 번 연속 누르면 아무 반응이 없어 잠깐 쉬었다가 시도하기를 몇십 번. 꼭 맞는 것 같은데 아니고 또 아니었다.

　숫자 맞추기를 포기하고 계단에 주저앉아버렸다. 어두워서 무섭기도 하고 꼭두새벽이어서 춥기까지 했다. 처량한 내 모습에 눈물이 핑 돌았다. 경비실에 도움 요청을 하자니 옷차림이 거의 잠옷에 가까운 데다가 핸드폰도 없었다. 보통 난감한 일이 아니었다. 벨을 누르고 문을 아무리 두드려도 집 식구들은 오밤중이었다. 누구를 탓하랴만 긴장감 없이 사는 식구들한테 화가 났다. 옆집이 깨건 말건 급기야는 문을 발로 차면서 열라고 소리를 질렀다. 이 무슨 창피한 짓인가. 근 30분간의 실랑이를 하고서야 아들 녀석이 눈을 비비며 나와 문을 열어 주었다. 현관에 들어서는 순간 온몸에 힘이 쭉 빠져 바닥에 주저앉아버렸다. 왜 내가 이렇게까지 되었을까 한탄스러웠다.

얼마 전에는 집 전화로 전화를 하면서 휴대폰으로 일정을 확인하고 바로 앞 탁자에 놓고서는 눈앞에 있는 휴대폰을 한참이나 찾았다. 망연자실이라니. 그러더니 어제는 백화점에서 옷을 사고 지갑이 든 가방을 놓고 쇼핑백만 들고 집에 온 것이었다. 그것도 까마득히 모르고 있다가 그 다음 날 아침에서야 가방을 찾다가 백화점 옷가게에 놓고 온 것을 기억해냈다. 다행히 별일은 없었지만, 많은 사람들이 오가는 곳인데 분실했으면 어떡하지 하고 백화점 문을 열 때까지 여간 가슴 조인 것이 아니었다. 이렇게 황당한 일이 벌어져 마음 고생하며 낭비한 시간이 부지기수다.

건망증과 치매는 전혀 다르다지만 이러다가 혹 치매로 이어지지 않을까 걱정이 될 때도 있다. 다들 '왕년에는 어쨌다.'고들 하지만 나도 그리 기억력이 나쁜 편은 아니었던 것 같다. 이 집에 이사할 때만 해도 수백 가지 물건들을 모두 정확히 기억하고 있었다. 그렇게 많은 것들을 내가 기억하고 있는 줄을 나 자신도 몰랐었다.

그런데 요즈음에 와선 더러 머릿속이 텅 비어 아무 생각이 없거나 멍해져 바보가 되어버리는 섬망譫妄 상태에 빠지곤 한다. 무슨 일이든 적어놓지 않으면 낭패하기 일쑤다. 적어놓고도 그 종이를 못 찾아 허둥댈 때도 있다. 방금 한 일도 한참을 생각해내야 하는 황당하리만치 엉뚱하니 이건 단순한 건망증이 아니지 않을까 싶기도 해 걱정이 된다. 습관적으로 살아온 일상에 균열이 온 것은 아닐까. 아찔하다. 아까운 시간 허비하지 않으려면 정신 바짝 차리고 살아야 할 것 같다.

그렇게 정신 바짝 차리고 쓴다는 풍신의 이 글은 또 어디에 깜박 허점을 숨겨 놓았는지 모르겠다. 그걸 찾으려면 또 얼마나 귀한 시간을 낭비하랴.

잠 못 이루는 밤

잠이 올 것 같지 않은 밤이다. 요 며칠 매달렸던 글이 저장 미스로 날아가 버리고 말았다. 점잖지 못한 표현으로 말하자면 이런 기분은 '환장하고 미치고 돌아버릴 것 같다.'고 하는 그런 것이다. 아무리 기억을 되살려 보려 해도 머릿속이 캄캄하다. 제법 괜찮게 써졌다 싶어 흐뭇한 마음으로 저장했는데 겨우 몇 줄 써진 원래 상태로 되어 버렸다. 늘 하던 것인데 귀신에 홀린 듯 왜 오늘은 엉뚱한 짓을 했을까? '덮어쓰기'를 했어야 되는 건데……. 어디서 찾아야 하지. 깜냥에 낱말 하나하나에 온통 내 영혼을 쏟아 부으며 썼는데……. 컴퓨터에 매달려 일로 절로 아무리 기를 쓰고 용을 써도 소용이 없다.

머리가 몽롱해진다. 오기를 부려도 어차피 안 될 것 같다. '살다 보면 이보다 더한 일도 많은데 뭘' 하며 마음을 돌려 잠을 청해본다. 이것도 하나의 수련이다. 순간의 잘못 때문에 낭패 본 적이 어디 한두 번이던가. 가설과 추론과 판단의 오류뿐 아니라 단순한 실수로 잃는 것이 얼마나 많은가. 내 삶에 치명적인 오점을 남긴 실수는 또 얼마나 많은가. 실수 뒤에는 항상 후회가 따른다. 그래서 그걸 보약으로 삼는 경우도 있지만 웬걸, 언제 그랬냐는 듯 일회성으로 끝나고 도로 전철을 밟아 같은 실수를 범한다. 그래서 나의 허술한 인생을 그때그때 또다시 다잡으며 열심히 사는 체라도 해보지만 납납하지가 않다.

매사 긴장하며 잣대로 잰 듯 실수 없는 삶을 완벽하게 살아냈더라면 지금쯤 나의 위치는 어디에 있을까. 아마 지금보다 훨씬 똑똑하고 잘난 사람으로 발전되어 있긴 할 것이다. 그러나 실수도 하고 허점도 보이면서 살아온 지금의 내 모습이 더 인간다울 수도 있을지 모른다고 억지 위안을 해본다. 나처럼 덜렁거리고 즉흥적이고 감정적인 사람은 지나온 길마다 비틀거리는 발자국을 남겼을 것이다. '아이쿠, 칠칠맞은 이 사람아, 정신 차리고 제대로 좀 살아라.' 하고 가끔 채찍질을 하지만 우이독경이요 마이동풍이다. 이런 칠칠맞음이 바로 나다. 그렇게 인정하면 이제 마음의 평온을 되찾을 듯싶은데 잠은 여전히 오지 않는다. 오늘 일은 따지고 보면 글한 편 잃었을 뿐이라고 가볍게 생각할 수도 있는데 지금 나는 마음을 다스리지 못하고 못 견디어 하고 있다. 오늘만이 아니다. 평소에도 사소한 걸림돌에도 힘들어하고 거기에서 벗어나지 못하는 못난 사람이다. 몸이 아프든, 정신이 아프든 갈수록 참는 것을 잘 못하겠다. 지천명을 지나 이순에 접어드는 나이이건만 자신의 마음 하나 다스리지 못하고 열이 오르니 참 한심하기 그지없다. 아직도 마음수련이 안 되었음이다.

창문을 열어 바람을 들인다. 어느새 귀가 순해졌는지 바람소리가 청명하다. 그러나 잠은 아예 달아나버린 모양이다.

내 것이었다 내 곁을 떠난 것들

사방을 둘러본다. 나를 에워싸고
있는 모든 것들을. 옷, 핸드백, 신발, 가구, 그릇, 가전제품 등
등. 눈에 보이는 어떤 것도 오래 간직해온 이렇다 할 물건
하나가 없다. 사람은 또 어떤가. 많은 사람들이 인연이 되어
만났다가 내 곁을 떠나갔다. 좋아 죽고 못 살았던 몇몇 인연
들도 어찌된 연유든 지금은 곁에 없다. 오랜 세월 나와 함께
한 사람도, 물건도 다섯 손가락을 다 채울 수 없다는 게 쓸쓸
하다. 내 역사를 증언해 줄 만한 가치 있는 것들을 지니지
못한 것은 유목민처럼 서글픈 일이다.

유년 시절의 것은 그만두고라도 시집올 때 해온 물건마저
도 하나가 없다. 무조건 갈이를 하면 좋은 줄 알고 다 바꿔버

렸기 때문이다. 버리고 없애는 것이 정리정돈을 잘하는 것으로 착각하며 살았다. 열 번이 넘는 이사에도 유일하게 가지고 다녔던 '선퍼니처'라는 상표를 가진 책장 하나마저 3년 전에 이 집으로 이사 오면서 구색이 맞지 않는다는 이유로 처리해버리고 말았다.

세상 모든 것은 지나가는 것이라지만 수십, 수백, 수천 번 내게 소용되었다가 나와 상관없는 것으로 버려진 것들에게 미안감이 들고 양심의 가책을 느낀다. 세목을 조목조목 따져 보면 한이 없다. 내 한 몸뚱이가 소모한 것들이 얼마쯤 될까 하고 돈으로 환산해볼 때가 더러 있다. 떠나보낸 사람들의 가치는 차치하고 물질적인 소모만 따져 보더라도 어마어마한 숫자임에 틀림이 없다. 결국 알몸으로 왔다가 수의 한 벌 입고 이 세상 떠날 텐데 뭣 하러 그렇게 쓰잘머리 없는 데에 헛 욕심을 부리며 살았을까.

내겐 죽을 때까지 다 사용하지 못할 용품들이 수두룩하다. 신발장엔 색과 모양이 다른 신발이 가득하고, 옷 방엔 철철이 골라 입고도 남을 옷들이 즐비하다. 그런데도 새것에 눈이 팔려 자꾸만 사고 또 산다. 입으로는 나 죽으면 불에 다 태워질 것 뭣 하러 또 사느냐 하면서도 습관적으로 새것을 취한다. 지난 세월 동안 새로운 것, 좋은 것, 내 입맛에 맞는 것만을 좇아서 가볍게 살아왔음을 이제야 깨닫는다. 구관이 명관이란 말이 있는데 왜 나는 새로운 것만을 좋아하며 살았을까.

누린 것인가? 낭비한 것인가? 왠지 누렸다기보다는 낭비한 쪽으로 마음이 간다. 그동안 빈껍데기를 가지고 많은 것을 누리고 산다 생각하고 행복해했던 어리석음이 부끄럽다.

지금 서울에 사는, 그러나 연락처도 모르는 보미 엄마가 있다. 근 10년 가까이 위·아래층에 살면서 한집 식구처럼 지냈던 친구다. 본디 서울 사람이라 지방에 내려와 살기가 낯선데 나를 알아 타향의 설움을 달랠 수 있어 좋다면서 스스럼없이 지냈다. 혹시 무슨 일이라도 생겨서 소식이 두절되면 주민등록번호로 조회를 해서 찾자고 약속한 사람이다. 아침밥 먹으면 만나 저녁 남편들이 퇴근할 때까지 하루의 반절 이상을 함께했다. 아이들도 공동으로 키우면서 마냥마냥 서로 좋아했다. 그런데 보미 엄마가 서울로 이사를 간 뒤 몇 번 연락하고 만나다가 흐지부지되고 말았다. 보미 엄마처럼 정을 나누며 절친하게 지냈던 사람이 더러 있었는데 이젠 아예 연락처를 모르기도 하고, 어쩌다 안부를 묻는 소원한 관계가 되어버렸다. 찾으려고 맘만 먹으면 지금이라도 찾을 수도 있고, 다시 가까이 지낼 수도 있겠지만 막연한 아련함뿐 감정은 이미 퇴색되어 내키지 않는다.

나는 가치기준을 어디에 두고 살았을까. 내게 참으로 소중한 것은 무엇이란 말인가. 딴에는 좋은 것, 아름다운 것, 진실됨을 추구하며 산 것 같은데……. 새것, 큰 것, 번쩍거리는 것을 좇아서 살아온 부끄러운 발자국이 보이지 않는가. 마음 안에 숨어 있는 보물들을 키우지 않고 겉치레로 살아온 세월이 허무하다. 이 나이에서야 철이 드는지 돌아가신 어머니가 그립듯이 오랜 세월 손때 묻은 물건들이 그립고 귀히 여겨진다.

요즈음은 어머니가 쓰시던 사투리가 문득문득 내 입에서 튀어나오는데 그것도 정겹다. 시골 태생이 사투리를 쓰면 인격에 무슨 장애라도 되는 양 의도적으로 피했던 말들인데 이제는 아무 저항감 없이 입에 올리는 것이다. '꼬순내는 나는데 애비 맛도 애미 맛도 없다.' 라든지. '누말짜꼬로 머덜라고 근다냐.' '역부러 차대기에 넣었어.' '옴씨래기 가져오라고' '속창아리 없이 또 그러냐.' '깨금박질로 해봐.' '빠꾸매기하면서 놀아.' '으멍스럽게 그러지 말고.' '짜잔하게 굴지 말고 얼렁얼렁히어.' '앵간하면 그래야지.' '참 욕봤어야.' 등등 얼마나 착착 감기는 말들인가. 덤덤하면서도 애틋한 그 묘한 느낌이 혀에 착 달라붙는 토장국 맛이다.

내 삶의 희로애락을 지켜본 물건 하나 간수하지 못하고 산다는 것은 허전한 일이다. 그런지도 모르고 살아온 세월이 야속하다. 아쉽고 허탈하지만 내 것이었다가 이미 떠나간 인연은 어쩔 수 없지만 이제부터라도 내 손때로 세월을 덧입힌 소중한 인연들을 도톰하게 만들어보리라. 따뜻한 체온을 나누면서 내게 주어지는 모든 것들을 사랑하며 살아가리라.

팜프파탈을 꿈꾸는 여자

사람의 욕망은 어디까지일까. 외모는 아줌마에서 할머니 쪽으로 가고 있는데 내면은 아직 이팔청춘 같은 매력적이고 싶은 주책이 다문다문 움튼다. 가끔은 누군가에게 각인되고 싶은 화려한 허영도 생긴다. 이순을 바라보는 여자가 팜프파탈femme fatale을 꿈꾼다면 혀를 끌끌 차겠다는 생각을 하면서도 좀처럼 주제파악이 안 된다. 현실과 청춘 사이의 간극이 터무니없어 헛웃음도 나오지만 끼를 사뭇 생산해내고 싶은 욕망들이 꿈틀거리니 이 노릇을 어찌할쏘냐.

늙음을 느끼는 것은 젊지 않다는 자각증세다. 푸석거리는 피부는 스킨이나 로션 같은 인위적 방법을 동원해달라며 짜증을 부리고, 몸은 자꾸만 편한 것을 찾아 바닥의 면적을 넓혀주기를 원한다. 사소한 노동에도 밤이면 삭신이 쑤시어 뒤척거리기 일쑤다. 이렇듯 어쩌지 못하는 늙음의 속성들은 부인할 수 없는 사실이지만 그래도 아직은 아니라고 우겨보고 싶다. 속절없이 흐르는 시간에 대한 저항이라 해도 좋고, 나이 듦에 맞서는 나의 용기라 해도 좋다. 아니, 만용이겠지. 늙어가는 과정에서 젊음을 보내지 못하는 나의 연민이 팜므파탈을 동경하게 만든다.

하찮게 느껴지는 꽃도 이름을 불러주었을 때 진정한 꽃이 되고, 길가에 구르던 돌멩이도 도구로 사용하는 순간 명칭이 붙기도 한다 했다. 그러니 나도 억지로라도 저 높은 고지에 있는 팜므파탈을 향하여 노력을 게을리하지 않을 것이다. 탱탱한 몸과 정신을 가지려고 노력하는 것은 자기 자신에 대한 기본적인 도리이며 예의이지 싶다. 이 나이를 먹고도 팜므파탈을 꿈꾸고 있는 것은 분명 추함이 아니라 아름다움일 게다. 비록 한여름밤의 꿈일지라도 이 봄, 막 벙글어지는 매화꽃을 기다리는 마음처럼 설렘으로 다가가리라. 몸은 비록 노화하지만 마음은 계속 자라나 꽃을 만나면 꽃이 되고, 별을 보면 별이 되는 철부지 마음이다. 지금에도 마르지 않는 샘 같은 욕망이 가끔 치솟는 것은 그나마 다행이지 않은가.

나이가 들어갈수록 고운 옷을 입고 싶어진다더니 늙어감을 증명이라도 하듯 화려한 옷에 눈길이 간다. 빨강, 파랑,

노랑 같은 원색의 옷을 입어보는데 거울 앞에 선 나의 모습은 생각과는 달리 옷과 육신의 밸런스가 잘 맞지 않는다. 아무 옷이나 입어도 무던히 소화해냈던 젊음은 어디로 갔단 말인가. 잡티나 칙칙한 피부를 감추기 위해 화장이 자꾸 짙어지고 있다. 쌩얼에 가까운 화장이 싱그럽고 보기 좋은 줄 알면서도 뻔히 보이는 것들을 들키지 않기 위한 변장술을 쓴다. 화장과 패션은 단점을 숨기기 위한 하나의 장치일 것이다. 장치를 통한 포장이 되었든, 치장이 되었든, 분장이 되었든 간에 조금은 허물을 가리고 싶은 본능이 작용을 한다. 언제부터인가 더 늙기 전에 정신도 육체도 깊고 은은한 상태가 되어서 멋진 드레스를 한번 입어보고 싶다는 엉뚱한 허영심 같은 생각도 일렁거린다. 여자에게는 허영도 때론 방부제가 된다는 말로 합리화를 시키면서 말이다.

우리는 근본적으로 여성의 미나 아름다움을 육체적인 몸매에 비중을 두는 경향이 있다. 본질적인 아름다움은 외양과 내면이 모두 갖춰져 알맹이와 껍데기 둘이 조화를 이룰 때 형성될 것이다. 그럼 나는 어디쯤에 있을까. 마음만 앞서 외양에 허영을 두고 살지는 않는지. 공자는 문질빈빈文質彬彬이라 했다. 내면에 비해 외양이 지나치면 천박하고, 내면은 좋아도 외양이 떨어지면 촌스럽단다. 얼굴과 몸매에 목숨 걸고, 고급스런 옷으로 치장을 하고 명품 백을 탐하면서 머릿속이 텅 비어 있다면 이 얼마나 추한 모습인가. 한 달이 지나도 책 한 권 읽지 않으면서 외양만 가꾸어 몸짱을 만든들 그게 얼마나 아름다운 빛을 발하겠는가.

태생적으로 얼굴이 예쁜 것도, 황금비율의 몸매도, 머리가 특출한 것도 아니기에 나는 평소 긴장하면서 산다. 나이에 비해 군살이 조금 없어 보이는지 사람들이 가끔 질문해 온다. 어떻게 관리를 하느냐고. 이만큼이나마 유지하는 것도 저절로 되는 것은 아니다. 조금만 방심하면 몸무게가 불어나는 것은 물론 여기저기 살이 비집고 올라온다. 운동을 좋아하지 않지만 적어도 일주일에 4, 5일은 산에를 간다든가, 헬스장에서 운동을 해준다. 또 틈나는 대로 훌라후프를 한다든가 아령으로 스트레칭을 하며 몸을 닦달한다. 늘 도사리는 음식의 유혹도 절제하려 애쓴다.

이런 노력의 결과물로 가끔은 좋은 책 한 권을 읽었을 때와도 같은 포만감을 갖기도 하지만 역시 내적인 채움이 더 뿌듯함을 인정하지 않을 수 없다. 그래서 머리맡에는 늘 책을 놓고 산다. 차 속이나 화장실, 침대 등 집 안 곳곳에 놓고 자투리 시간에 단 몇 줄이라도 읽으면서 숨을 쉰다. 한 해가 다르게 몸이 무능해지려고 한다. 매사 긴장하며 부단히 추스르고 살지 않으면 세월에 떠밀려 안주할 수밖에 없을 것이다. 무뎌지고 여성성이 없어지고 언제부터인지 몰라도 뻔뻔해지기도 했다. 잘나가는 가수 이효리 같은 거부할 수 없는 매력으로 많은 사람에게 삶의 활력을 주는 팜므파탈은 못 되어도 팜므파탈의 그림자라도 밟고 싶다.

'주관적인 미의 기준을 세워 스스로 만족하는 게 팜므파탈'
이라고 어느 정신과 의사가 정의하는 것을 들었다. 정체성을
가지고 자기다운 아름다움을 자아낼 때 가장 매력 있는 팜므
파탈이 된다는 것이다. 사람으로서, 여자로서 자신감을 갖고
당당하게 살아가리라. 팜므파탈을 향한 무한한 내 날갯짓에
축복을 보내면서……

우리 집에 들러 오세요

올여름 이사를 했다. 세간 살림에 비해 집이 넓어서인지 쉽게 짐 정리가 되었다. 이사를 핑계 삼아 맘먹고 친정식구를 초대했다. 아버지가 돌아가시고 이런저런 문제 때문에 서먹서먹하게 되어버린 집안 분위기를 해소해 보고자 함이었다. 8남매나 되니 집이 그득했다. 어색할 줄 알았는데 생각보다 자연스러워 초대하기 잘했다 싶었다. 역시 혈육의 끌림이란 무시할 수 없는 그 무엇이 있었다. 그 여세를 몰아 며칠 간격으로 평소 마음을 주고받았던 대여섯 팀을 더 초대했다. 힘은 들었지만 즐거웠다. 나와 인연을 맺은 사람들을 집에서 만나니 밖에서 만난 것하고는 또 다르게 친밀감이 더해졌다.

그런 지 한 달 정도 지난 후 동생뻘인 친구가 안부를 물어왔다. 짐 정리 다했냐고. 짐 정리는 물론이고 이래저래 손님 초대를 많이 했다고 하니까 이 더운 여름에 손님을 초대한 사람도 그렇고, 오라고 한다고 간 사람도 그렇다며 지청구를 한다. 그러면서 자기는 아직 젊어서 그러는지 몰라도 집에 누구 오는 것 딱 질색이란다. 불과 세 살밖에 나이 차이가 안 나는데 졸지에 내가 겁나게 시대에 뒤떨어진 늙은 사람이 되어버렸다.

현시대에는 집에 손님을 초대하는 일이 별스럽게 비쳐지는 모양이다. 감정까지도 손해 보지 않으려는 세상에 사생활 노출에 돈 들여 번거롭고 힘든 일을 하니 그럴 법도 하다. 편리함만을 생각한다면 맞는 말일 수도 있다. 그러나 어찌 집 안 초대와 집 밖 초대를 비교하랴. 내 집이건 남의 집이건 집 안에서 나누는 끈끈한 교감에는 옛날 콩 한쪽도 서로 나눠먹고 부대끼며 살았던 그런 맛이 담겨져 있다. 재래식 인간적 유대관계를 거추장스럽고 진부함으로 치부해 버린다면 세상은 갈수록 삭막함을 더해갈 것이다.

현관문을 닫고 들어오면 세상과 단절된, 누구의 방해도 받지 않는 오직 나만의 공간이 형성된다. 가족 간에도 각자의 방에서 혼자만의 생각과 자유를 즐기는 개인주의가 보편화되어 있다. 서로에게 관심을 갖지 않으면 장벽이 생기는 것은 당연지사다. 앞집에나 옆집에 누가 사는지도 모르는 게 요즈음 세태이다. 집집마다 떡을 돌려가며 이사 신고식을 하고, 백일이나 돌잔치도 으레 집에서만 하는 줄로 알고 살았던 시절은 옛날이 되고 말았다. 하기야 명절날 차례도 여행 중에 호텔에서 준비해 준 음식으로 지낸다는데 더 이상 말해 뭣하겠는가.

내가 살았던 친정은 울도 담도 없는 외딴 집이었다. 거의 매일 이웃 동네 어른들이 농사일을 도와주며 그 식솔들까지 무시로 드나들었다. 주인이 없어도 상관 않고 자기네들이 알아서 밥도 챙겨 먹었다. 보따리 장수도 정거장처럼 시도때도 없이 쉬었다 가는 대문이 없는 집이었다. 가을걷이가 끝난 김장철 때쯤이면 돼지를 잡아 삶고, 볶고, 순대도 만들어 동네잔치를 벌였다. 거나하게 취해서 가시는 동네 분들 손에는 고기 몇 근씩 들려져 있었다.

그런 환경에서 자란 탓인지 난 아직도 시골스러운 태를 벗지 못한다. 고달프게 살지 말자 하면서도 뭐만 있으면 나누고 싶은 마음이 고개를 내민다. 어렸을 적에는 우리 집에 사람 드나드는 것이 불만이었는데 지금은 그 시절 같은 생활이 좋다. 나처럼 사는 것이 사람들의 눈에는 어리석게 비쳐질 수도 있고, 거슬릴 수도 있겠지만 서로 정 나누며 사는 것이 뭐가 어쩌랴 싶다.

나는 사람들을 만날 때 사소한 것이지만 뭘 챙겨가는 버릇이 있다. 옥수수나 쑥개떡, 포도 한 송이라도 그때그때 집에 있는 것들이면 된다. 그러기 위해 연례행사처럼 봄이면 쑥을 뜯어다가 쑥개떡을 만들어 냉동고에 저장해 놓고, 옥수수 역시 제철에 사다가 삶아 넣어 두는 식으로 고구마, 감자 등등 먹을거리를 항상 마련해 둔다. 좀 귀찮기는 하지만 내 작은 수고가 동행자들의 마음을 즐겁고, 훈훈하게 할 수 있다면 그것으로 그만이다. 나눔이 행복이란 말이 결코 허언이 아님을 느끼기 때문이다.

〈벌새의 우화〉가 생각난다. 초원에 불이 나서 짐승들이 일제히 도망을 갔다. 그런데 벌새 한 마리가 겁도 없이 진화에 나섰다. 크기가 벌만 한 새. 벌새는 그 조그만 입으로 강물을 물고 와 초원을 태우는 불길 위에 끼얹었다. 밑도 끝도 없이 그 짓을 했다. 큰 짐승들은 벌새를 비웃었다. 그러나 "불길을 잡을 수 있을지 없을지 모르지만 나로서는 이렇게 할 수밖에 없어." 라고 벌새는 말했단다. 활활 타오르는 불길에 벌새의 역할이 점 하나에 불과하듯이 나의 이 소박한 행위가 아무것도 아닐 수도 있다. 허나 나만이라도 이렇게 사는 것이 어쩐지 세상에 대한 내 도리인 것만 같은 생각이 든다.

풍요 속의 빈곤으로 사람들은 공허하다. 만나고 헤어지고 또 만나고 하는 모임들을 수없이 하고 산다. 식당에서 떠들썩하게 먹고 마시고 나서 뒤돌아서면 어딘가 마음 한구석이 헛헛하다. 그것은 진정의 부재 때문이 아닌가 싶다. 참된 정을 나누지 못하는 소통의 결핍에서 오는 허함일 것이다. 사회적 관계가 아닌 인간적 관계는 내가 사는 집에서 흉허물 없이 소탈하게 만나면서 더 끈끈해진다.

손님 초대는 꼭 잘 먹는 데에 있지 않다고 생각한다. 김치에 따뜻한 밥 한 그릇이면 어떻고, 차 한 잔이면 어떠랴. 나를 개방하여 남과 서로 정을 나누며 친교를 이루고자 하는 마음만 있으면 된다고 본다. 누군가가 제 집에 나를 불러주는 것은 대접을 받는 것 같아 기분이 좋다. 시대의 흐름이야 어쨌든 내 집에 내가 좋아하는 사람들을 가끔 초대하여, 그 흐름을 벗어나 잠깐 멈추어서 휴식을 취하는 그런 아날로그적 삶을 살고 싶다. 내 집을 개방하는 것은 나를 개방하는 일이기도 하다.

부끄러운 풍요

이사를 했대서 오랜 만에 서울에
사는 동생이 다니러 왔다. 집에서 점심을 먹으면서 이런저런
이야기를 하며 시간을 보내다가 건지산에 산책을 다녀오자
며 편한 신발을 하나 달란다. 무심코 신발장을 열어 적당한
신발을 찾고 있는데 동생이 깜짝 놀란다. "누나, 무슨 신발이
이렇게 많아. 만날 신발만 사는 거 아니야? 와, 이거 너무 많
다." 동생의 말에 "응, 그래 조금 많은 것 같지? 내가 살림을
잘못하고 살았나 봐." 하고 얼버무리고 넘어가긴 했지만 순
간 나는 너무 부끄러웠다. 말은 그렇게 했지만 그게 어디 '조
금 많은 것'인가. 그렇잖아도 짐 정리를 하면서 이것저것 남
들에게 나누어 주고, 더러는 쓰레기통에 버리면서 알뜰치 못

한 내 살림살이에 영 마음이 편치 않았었는데, 감추고 싶은 비밀이라도 들켜버린 듯 얼굴이 붉어졌다.

왜 가진 것이 부끄러울까. 만약 책이 그렇게 많았다고 해도 부끄러웠을까. 가진 게 그리 많은 줄 몰랐었는데 이사하면서 펼쳐 놓고 보니 어마어마하게 지니고 살았음에 염치가 없었다. 옷장 속에 셀 수 없을 정도의 많은 옷가지들, 넘쳐나는 가전제품, 몇 대의 냉장고 속에 흔전만전하게 쟁여져 있는 먹을거리. 크고 작은 가방들. 의식 없이 습관처럼 사놓고 안 쓰는 물건들이 부지기수다.

이렇게 지녔으면서도 내 테두리 안에 나를 가두어놓고 풍요 속의 빈곤을 느끼며 살았다. 아마 행복도 넘치도록 주어졌을 텐데 그걸 감지하지 못하고 허기를 느끼며 살았을 게다. 많은 걸 지니고 살다 보니 그것들을 정리하는 시간도 무시할 수가 없다. 과유불급過猶不及이라 하지 않던가. 가짓수가 많으면 많을수록 그때그때 필요한 것을 고르기 위해 머리는 얼마나 흔들어야 했는가. 물론 선택의 여지가 없을 정도로 너무 없어도 문제다. 그렇지만 많으면 많을수록 더 고민하게 되고 더 부족감을 느끼는 것이 사람이다.

그런데 내게 필요 이상으로 신발이나 옷이 많은 것은 꼭 내 허영심 때문만은 아니다. 그 주범은 딸애들이다. 자주 외국에 나가는 큰딸은 늘 그러지 마라고 하는데도 엄마 것을 무더기로 챙겨 온다. 작은딸 역시 언니하고 경쟁이라도 하는 듯이 여기저기서 뭘 사온다. 지네들 쇼핑을 할 때에도 엄마에게 소용되는 물건이 눈에 띄면 사주고 싶은 마음이 생겨 사게 된단다. 나는 또 나대로의 취향에 맞는 것을 가끔씩 사들이며 보탠다. 이래저래 나는 본의 아니게 많은 물건을 지니고 살게 되었다.

복잡한 것을 붙들고 있으면 무거워 지친다. 삶은 원래가 힘에 부치게 무거운 것을, 괜한 물질까지 탐해 어찌하잔 말인가. 마더 테레사는, 그녀의 강론에 감동한 어느 미국인 부자가 큰 집 한 채를 선물로 주겠다고 했을 때 "제게 지금 쓸 수 없는 것은 성가실 따름입니다. 나중에 어떤 것이 필요해지면 그때 하느님께서 도와주실 겁니다."라며 사양했다고 한다. 불편을 느끼지 않을 정도면 충분할 것을, 나는 분수에 넘치는 물건들에 휩싸여 살았다. 얼추 내가 지닌 모든 것에 투자한 금액을 생각하면 상상을 초월할 듯하다. 바깥 것에 매달려 신경 쓰는 시간의 몇 분의 일이라도 안을 들여다보는 데 활용했더라면 지금의 내 모습은 어찌 되었을까? 큰 죽비를 내리쳐 정신이 바짝 들게 해야 할 일이다.

생각해보면 세상에 온전히 나만의 것은 없다. 내 것이 하나도 없는데도 모든 것이 내 것인 것처럼 붙들고 아등바등한다. 맺었던 인연의 끈도 풀리기 마련이다. 사랑하는 사람도, 아끼던 물건도 모두가 내 것이 아니다. 저장된 전화번호에서 이름이 하나둘 지워져 나가듯 내 것인 것처럼 느껴졌던 것들이 하나둘 멀어져간다. 몇 년이 지나도 한 번도 걸치지 않는 옷들은 또 얼마나 많은가. 아무리 잘 손질해 놓았어도 한 해만 지나면 누기가 차고 곰팡내가 나 애물단지가 된다. 제법 많은 값을 치른 것들이라 없애기가 아깝지만 그렇다고 입지도 않는다.

다 소용되는 것 같아도 우리가 실생활에서 활용하는 것은 가진 것의 20%정도밖에 되지 않는다고 한다. 물건이 많으면 다양하게 쓰기보다는 쓰지 않는 물건에 묻히어 지내기 일쑤다. 정리를 해 놓아도 몇 조금 못 가서 뒤죽박죽되어 다시 정리해야 한다. 물건들에 치여서 늘 뒤치다꺼리를 하는 게 보통일이 아니다. 내가 물건들을 거느리는 것이 아니라 물건들이 나를 다스린다. 그동안 나의 약한 존재감을 감추기 위해 나는 물질로 살풀이를 한 것 같다.

정리할 일이다. 과감히 버릴 일이다. 버림으로 해서 색色은 공空이 되고 그 공은 곧 에너지를 만들어 더 많은 것을 줄 것이다. 버릴 때는 아까워 망설여지기도 하지만 막상 정리하고 나면 주변이 개운하고 마음까지 홀가분해진다. 공간의 자유로움에 정신의 여백이 생김이다.

나이가 들면서 욕망의 부질없음을 조금씩 깨닫는다. 소유에 대한 유혹을 절제할 수 있는 마음의 여유가 생긴 듯도 하다. 아직도 탐욕의 늪에서 벗어나진 못했지만, 참으로 필요한 것은 무엇이고 당장은 없어도 되는 것은 무엇인가를 생각한다는 것 자체만으로도 발전이다. 물질적인 잡동사니가 마음의 잡동사니와 다르지 않다. 일종의 무력감의 표현일 수도 있다. 스스로가 지금 그대로 충분하다고 여기면 욕망에 사로잡혀 살 필요성을 느끼지 않을 것이다. 중독처럼 되어버린 과거의 족쇄에서 풀려나자. 많은 물건으로 자신을 방어하는 삶을 단순화함으로써 생각이 맑아지고 통찰력도 생기는 것이 아니겠는가.

그런데 오늘 아침 큰딸애가 사서 보낸 원피스 하나가 또 배달되었다.

자유로운 구속

나를 가둔다. 최대한 생활을 좁혀 감옥을 만든다. 마음 안에 수인번호도 붙여주었다. 스스로를 다잡기 위한 방편이다. 이는 무조건 내달리는 자동차의 브레이크 페달을 밟고 잠시 내가 가야 할 뚜렷한 목적지를 설정하는 작업이다. 마음 같아서는 적어도 한 달 정도는 갇힌 생활을 하고 싶지만 그렇게 하기는 어려울 듯싶어 단 며칠이라도 나만의 시간을 갖기로 했다. 즐기던 사우나도 단절하고 아침 산책을 외출의 전부로 한다.

파도에 휩쓸리듯 지내온 일상에서 조금 떨어져 나를 바라보는 시간이다. 물 흐르는 대로 편하게 살자 생각하며 나에게 다가오는 일들을 무조건 즐기며 오케이를 했고, 나 스스로도 건수를 만들어 거기에 보탰다. 그로 인해 백수가 과로 사 한다는 말이 나한테도 적용이 되는 듯 늘 피곤했다. 세상 사 더불어 사는 것. 어찌 보면 누군가를 만날 수 있고, 일이 주어진다는 것은 행복일 수도 있겠다 싶었지만 뭔가 잃어가 고 있다는 생각이 마음을 쥐어짰다. 더러는 함께할 사람이 있다는 것은 축복이고 그것을 탓하는 것은 복에 겨워서 하는 짓이라고 나무랐다.

부산을 떨면서 바쁘게 사는 것에 위안을 얻으며 그런 시간 들을 즐겼는데, 웬일인지 군중 속의 고독이랄까 오히려 스스 로가 더 쓸쓸하게 느껴지고 혼자만의 시간이 그리워졌다. 사 람은 변화를 추구하는 동물이라던가, 그래서 반복되는 삶이 지루해졌는지도 모르겠다. 나는 산책을 할 때도 가던 길로 다시 되돌아오기가 싫다. 조금 멀거나 가파르더라도 새로운 길을 찾아 낯섦을 즐긴다. 그 밥에 그 반찬보다는 때로는 궤 도에서 벗어나고 싶은 심사다. 안일한 일상에 저항하여 맺고 끊는 결단이 필요해 홀로 쓸쓸하기로 마음먹는다. 바쁜 생활 은 나를 가두어놓고 내가 하고 싶은 일들을 못하게 방해한 다. 사람과의 접촉이 많으면 많을수록 나를 만날 시간이 없 어 내 생활은 붕 떠 있다. 바쁘니까 마음의 여유가 없을 뿐더 러 성격이 거칠어지고, 뭐든 즉흥적이 된다. 또 생활이 어수 선해 진지하게 생각하는 것을 잊어버린 듯 마냥 급하게 쫓기 며 살게 된다.

그러니까 언제부터인가 진솔한 사유의 필요성이 느껴진 것이다. 소크라테스는 '내가 혼자 있는 것은 나와 함께 있는 것, 나는 나 자신을 회피할 수 없고 내 자신의 질문에 응답해야만 한다.'고 사유의 중요성을 말했다. 근원적 물음 '나는 어떤 사람인가?'를 간절히 묻고 또 묻고, 오랜 시간 머리에서 떠나지 않는 '앞으로 무엇을 위해서 어떻게 살지?'의 해답을 구해본다.

움직이지 않고, 떠들지 않고, 사람 만나지 않고 지내는 지금 나는 한층 더 자유롭다. 슬픔에의 침잠이 아니라 스스로 가둔 감옥 속에서 생의 안온함과 희망을 본다. 자유로운 구속이다. 자발적인 고독이 때론 풍요롭고 사람을 숙성시킨다. 그것이 바로 행복이라는 것을 알겠다. 그리하여 고요, 평화, 편안 등의 귀빈들이 나를 찾아왔다.

밖에 나가 몸을 움직이면 기분이 전환된다는 것을 알긴 한데 이젠 그냥 귀찮다. 아무도 만나고 싶지 않다. 단기적인 회피는 보약이 되기도 하는가 보다. 아, 오늘도 나 혼자 춤추고 노는 날이다. 탱탱한 무언가가 차오른다. 그러나 '너희는 이름 좋은 자유에 알뜰한 구속을 받지 않느냐.'라고 만해 스님은 말했다.

창문을 열고 바람을 불러들인다. 부드러운 남실바람이다.

실성과정
Pen on paper

4

주홍 글씨

봄, 꽃을 기다리다

살아있어서 좋다

있는 그대로의 그것

하소연

기억 저편

누가 내 말 좀 들어주오

주홍 글씨

연일 뒤척거리며 몇 차례 잠에서 깬다. 고통으로 몸부림치는 밤은 더 부풀어져 길기만 하다. 팔 다리가 아니고 분명 배가 아픈 것 같은데 뱃속인지, 바깥인지 잘 모르겠다. 아무튼 어디가 아픈지 모르게 온몸이 고통스럽다. 회복 속도가 지극히 정상적인데도 초조하다. 자꾸 마음이 약해지면서 건강이 요원하게만 느껴진다. 그렇지만 남 앞에서는 아무렇지도 않은 척 속울음만 흘렸을 뿐 목놓아 울지는 않는다. 막연히 남에게 부담감을 주거나 걱정을 하게 해서는 안 된다는 마음의 소리가 들려 참고 또 참으며 혼자서 견딘다. 도대체 암이란 무엇이란 말인가. 얼마 만큼 조심해야 되고, 얼마 만큼 견뎌야 되는 요물단지일까. 지금으로

선 시간에 기댈 수밖에 아무런 묘책이 없다. 예전의 내가 아닌 모습으로 세상을 만나고 사람을 만난다. 어찌할 수 없는 부자연스러움과 착잡함과 설움이 나를 소극적이고 자신 없게 한다. 아무리 망각하려 해도 우선 몸이 힘드니 죽음이 가까이 있는 듯 생각된다.

배 한가운데 드리워진 흉터가 내 정신을 더욱 자극한다. 수술 후 처음 거울에 비친 배를 가로지른 흉터를 바라보며 미친 사람처럼 울고 울었었다. 죽을 때까지 벗어날 수 없는 주홍 글씨 같은 표지가 내 배 위에 이렇게도 짙게 새겨지다니.

나다니엘 호손의 소설 ≪주홍 글씨≫에서 간통한 죄로 여주인공 헤스터가 'A'란 주홍 글씨의 낙인을 가슴에 달고 사는 것과 같이 나는 몸 관리 잘 못한 죗값으로 배 위에 기다란 흉터를 지니고 일생을 살아야만 된다. 단순히 미관상 보기 싫은 흉터에 국한된 것이 아니라 내 목숨줄이 걸려 있는 흉터이기에 더욱 끔찍스럽다. 언제나 마음 놓지 못하고 노심초사 건강을 걱정하고 살아야 된다니 앞날이 막막하다. 제우스는 오만해진 인간의 힘을 빼기 위해 하나이던 몸을 둘로 쪼개 상처를 모아 배꼽을 만들었다고 한다. 신의 형벌 자국인 배꼽이 늘 겸허하게 살라는 징표인 것처럼 나도 내 배 위에 새겨진 흉터를 겸손하게 살라는 교훈으로 받아들여야 될 것 같다.

수술하고 6개월이 넘어서야 용기를 내서 대중목욕탕에 갔다. 나는 평소 목욕하기를 좋아했는데 흉터를 남에게 보이기가 정말 싫어 그 좋아하는 목욕을 여태까지 미뤘던 것이다. 흉터는 곧 나의 자존심이 실추되는 하나의 약점이었다. 모두가 나만 바라보는 것 같았다. 안쓰러워하는 표정으로 바라보기도 하고, 안됐다는 투로 언제 어떤 수술을 했냐고 조심스럽게 물어보기도 한다. 그럴 수도 있는데 나는 왜 그리도 상처를 후비는 것처럼 그들의 말과 행동이 싫고 아팠는지. 처음에는 사람들의 그런 관심사를 피하려고 무슨 죄를 진 사람처럼 수건으로 배를 가리고 귀퉁이에서 주춤주춤 목욕을 했다. 그러나 몇 조금 안 간 어느 날부터는 스스럼없이 사람들 틈에 끼어 목욕을 하고 있었다. 시간이 가면서 내성이 길러져 감각이 무디어졌는지 배짱이 생겼는지 나도 모르겠다.

또 옷을 입고 외출할 때도 환자임을 들키고 만다. 가능한한 환자처럼 보이지 않으려고 화사하게 화장도 하고, 예쁜 옷도 입고 외출을 하는데도 사람들은 용케도 알아본다. 아프기 전보다 훨씬 신경을 써보지만 은행에 간다든가, 낯선 사람들을 만나면 어김없이 "어디 아프세요. 얼굴이 안 좋아 보여요." 한다. 아무리 치장을 해도 어딘가 모르게 풍기는 병색이 있어 보이나 보다. 나는 안 아픈 척 씩씩한 척하는데 말이다.

장애는 외부적인 요건으로 스스로를 감옥에 가두기도 한다. 그러면 더 슬퍼지고 더 절망적이 되어 병을 극복하기 어렵다. 아픈 것을 약점으로 생각하면 자존심이 상해 마음이 웅덩이를 파내려가듯이 아파진다. 몸의 장애가 정신의 장애로 오면 그건 더 큰일이다. 실제로 나는 수술하고 내가 병든 것을 수치로 여겨 사람들에게 쉬쉬하며 나를 가두고 지냈었다. 그러나 이제는 내 삶에 새롭게 부과된 분신으로 여겨 쉽게 남들한테 말을 한다. 장애도 내 것이니 사랑해야 될 것 같아서다.

나에겐 암적 존재라는 것이 평생 트라우마로 따라다닐 것이다. 그러나 그것을 더 건강하게 살 수 있는 방법으로 치환하며 살고 있다. 절망의 시간들은 십자가가 고통이고 슬픔이고 아픔이지만 역설적으로 보면 거기 희망이 숨어 있기도 하듯 옛날에 비해 몸에 좋은 음식을 먹으려 노력하고 긍정의 마인드로 운동을 열심히 하면서 하루하루를 지내고 있다.

길가에 벚꽃이 흐드러지게 피어 있다. 사람들은 봄이 왔다고 꽃그늘 아래서 담소를 나누고 사진을 찍는다. 그러나 내 등 뒤에는 병마와 싸우는 고통이 있고, 앞에는 활기 넘치는 삶의 충만함이 있다. 나는 등 뒤를 볼 것이 아니라 앞만 보고 살면 된다. 이미 정해진 죽는다는 기정사실을 잊고 지내듯이 내 몸에 새겨진 주홍 글씨 같은 흉터도 더러는 잊고 산다. 아니 잊어야 살 수 있기에 의도적으로 잊고 사는지도 모르겠다. 지나간 과거나 아직 오지도 않은 미래 때문에 나의 현재를 망칠 순 없지 않은가.

나는 꽃상여는 타기 싫다. 누더기만 걸치고 아무렇게나 살다가 죽은 다음에 만장을 휘날리며 꽃상여를 탄들 무슨 소용이 있겠는가. 어느 날부터 내 삶의 좌우명을 '현재를 살자.'로 정했다. 그렇다고 다 늙어가는 나이에 '노세 노세 젊어서 노세, 늙어지면 못 노나니.'는 아니다. 순간순간이 행복하면 내 일생이 행복한 삶이 될 것이고 이 순간이 옹색하고 힘이 들면 내 삶이 주름져 있을 것이다. 나는 어떤 상황에서든지 이 시간이 꽃자리가 되도록 노력하면서 살려 한다. 춘래불사춘春來不似春은 아니지만 모든 게 예전 같지 않아 외출하여 돌아오는 길에 기분전환용으로 들꽃 화분 몇 개 들여왔다. 몸이 부대낀다고 마음까지 환자처럼 지내는 것이 싫어 집에 봄을 옮겨본 것이다. 마냥 춤추고 싶은 기분이면 좋겠다. 노랫가락이라도 흥얼거리며 즐겁게 살아야 될 것 같다.

몸과 마음이 건강해야만 백 프로 행복이 주어질 게 아닌가. 보기 흉한 흉터가 있으면 어쩌랴. 자랑은 아니지만 수치로도 느끼지 말자. 흉터가 삶의 자극제가 되어 더 건강해지리라. 행복해지려면 악착같이 건강해야 한다. 몸이 아픈데 '나 행복해.' 할 순 없지 않겠는가.

그렇다. 카르페 디엠carpe diem, 오늘이 오늘일 때 오늘을 즐겨야지.

봄, 꽃을 기다리다

'봄아 얼른 와라. 잰걸음으로 서둘러 와다오.' 춘삼월이면 봄이 분명한데 사월이 다 되도록 연일 영하의 날씨에 곳곳이 대설주의보로 봄은 올 듯 말 듯 애간장만 태운다. 내가 봄을 빨리 맞이하지 못하였듯이 이 봄도 꽃샘추위의 고갯길을 넘어오기가 그리도 힘이 드는가 보다. 그러나 유달리 극성스런 꽃샘추위에도 어김없이 봄은 왔다.

설렘으로 봄을 맞이한다. 몇십 년째 맞는 봄이지만 올봄은 여느 해보다 신기하고 반갑다. 혹독한 기상이변 속에서도 복수초와 변산바람꽃의 꽃망울이 고개를 내민다는 소식이더니 아파트 담벼락의 개나리도 늦게야 봄이 옴을 알아챘는지 노랗게 꽃을 피운다. 겨우내 죽어 있는 듯하던 건지산의 나무들도 푸릇푸릇 푸른 눈을 뜨고 물이 오르기 시작한다.

기다리던 봄을 사방천지에서 접하니 지난 5년 동안의 이런 저런 기억들이 두서없이 떠오른다. 5년 전 봄, 암 선고를 받았던 절망의 그날. 내 나이 쉰둘, 그동안 여유를 부리지 못하고 살았던 세월에서 조금 빗겨나 삶의 재미와 맛을 막 느껴가고 있는 참이었다. 그런 나를 시샘한 걸까, 위장에 암의 파편이 날아왔다. 그 후의 세월은 봄을 시샘하는 꽃샘추위를 견디는 떨림이 아닌 잠깐 동안의 봄에 갑자기 다시 찾아온 겨울을 떨치려는 몸부림에서 벗어나고자 하는 추운 여정이었다.

결핍은 자유를 잃는 것이다. 자유는 자기 몸으로 모든 걸 한다는 것인데 내 손으로, 내 발로 아무것도 할 수가 없었다. 한계성의 생활이다 보니 스스로를 어떤 울안에 가두었다. 나 혼자 내버려진 것 같은 고립에 사방이 벽으로 가려져 길이 보이지 않았다. 정신과 육체는 하나의 연결고리로 육체가 병이 들면 정신도 아프고, 정신이 병이 들면 몸도 같이 아프게 마련이다. 무심코 다녔던 곳에서 길을 잃었을 때 길의 의미를 다시 알게 되듯 건강을 잃어 보니 건강의 소중함이 절절해졌다.

꽃이 시들어가듯 생명의 기능들을 하나씩 잃어가면서 삶과 죽음을 참으로 많이 생각했다. 죽음에 대한 무성한 질문과 사색은 육체적 고통에서 오는 정신적 고통을 해방시켜주는 긍정적인 역할을 했다. 피할 수 없는 상황이라면 주어진 현실에 최선을 다하고 결과는 하늘에 맡기자는 다짐. 하루에도 수십 번씩 뇌고 또 뇌었다. 몸이 자유롭지 못한 가운데서도 마음을 편하게 가지니 삶이 넉넉한 여유로움으로 서서히 전환됐다. 자연 기분이 가벼워지고 몸도 차츰 호전되어갔다. 정신이 육체를 얼마나 많이 지배하는가.

건강치 못한 몸으로 나이가 들면 생로병사를 자연스럽게 받아들일 수 있을 것 같은데 사실은 그렇지 않다. 아픈 것만은 갈수록 참지 못하겠다. 건강하게 살다가 죽음으로 갈 수 있도록 운동이며 식생활이며 관심의 끈을 놓지 않는다. 노후 대책의 첫 번째는 건강이라는 걸 깨달은 것은 큰 변화다. 또 아프면 어떻게 되는지 예단할 수는 없지만 지금 생각으로는 허겁지겁 죽음으로 가지는 않을 것 같다. 하늘에서 당장 부른다 해도 미련 없이 군소리 하지 않고 따라 갈 수 있도록 최선을 다하는 삶을 살아야 되겠다. 사는 동안 제발 고통만 주어지지 않았으면……

투병 중 시간의 소중함을 알았기에 사소함에도 의미를 두고 나름 노력하며 하루를 쪼개어 살고 있다. 진정한 삶이 무엇이라는 것을 조금이나마 터득하게 되었다. 몸성히 맛있는 것 먹으며 꽃구경 할 수 있는 것이 최대의 기쁨이라는 것도 새삼 느끼며 즐긴다. 세상 모두가 감사함인데 왜 그동안은 불만 속에 시간을 허비했을까. 지금이 내 인생의 마지노선이라면 이 이후를 더 아름답게 꽃피울 수 있어야 된다는 의무감 같은 것이 생활을 바쁘게 만들어 동분서주한다. 봄의 소중함을 일깨우기 위해 꽃샘추위가 오듯, 내 삶의 가치를 알게 해주기 위해 나에게 시련이 왔다고 생각한다. 추위를 잘 견뎌냈기에 지금 사랑하는 사람들을 만나며, 하고 싶은 일들을 하며 산다. 꿈꾸는 자에게 봄날은 오게 마련이다.

이 봄 화사한 복사꽃이 피듯이 나도 화창한 봄을 맞이했다. 이제야 겨울 추위를 훨훨 털고 마음껏 외출할 수 있게 됐다. 이젠 꽃을 기다리지 않아도 된다. 여기저기에 피어 있는 꽃을 마음껏 보고 즐기면 되는 것이다. 지금 누리고 있는 이 평안이 오래가길 소망한다. 나는 지금 4월의 봄 속에서 행복하다. 내년 4월에도 숨을 쉬며 싱그러운 봄을 즐기고 있을 것이다.

살아있어서 좋다

아침에 눈을 떴다. 2010년 3월 31
일 나는 살아있었다. 살아있는 나를 확인하며 흐르는 전류가
차단된 생각 없는 스탠드처럼 멍하니 창밖을 바라보는데 눈
물이 앞을 가렸다. '야, 이정숙. 네가 그렇게 고대했던 5년이
란 세월이 흘렀어. 이젠 걱정 없어. 잘 견디어준 네가 참으로
고맙다 고마워.' 나에게 건강이 다시 주어지지 않을 수도 있
다는 불안감에 긴장하며 건강해지려고 갖은 노력을 기울인
덕에, 아니 하늘이 날 보우하사 이렇게 환호성을 지르며 기
뻐할 수 있는 시간이 주어졌다.

정상적인 궤도에서 벗어나 하루하루 타인의 일상처럼 보
낸 시간들. 삶과 죽음의 경계 속에서 환자 신세를 면치 못하

고 투병의 고통을 겪으며 노심초사했던 날들이 이젠 과거가 되었다. 고통 없이 이 봄날 생명의 경이로움을 느낄 수 있으랴. 생명의 절박함에 놓였던 사람치고 세상 어떤 것 하나 감사하지 않을 수 없고 경이롭지 않을 수 없다. 풀 한 포기도 무심코 밟기가 두려웠고 생각 없이 죽인 벌레 한 마리라도 마음에 걸리지 않은 것이 없었다.

죽음에서 생명력을 발견하고 새삼 살아있음을 크게 느낀다. 그런 의미로 죽음에서 삶으로 전환된 제2의 생일로 오늘을 기념하고 싶다. '이렇게 아름다운 세상을 다시 주심에 감사합니다.'라고 하느님께 기도한다. 인생이 허기질 때 아파 힘들었던 기억을 되뇌면 살아 숨쉬는 일 하나만으로도 벅찬 일이 될 것 같다. 오늘도 내일도 모레도 아니 죽을 때까지 이 감사함 잊지 않고 살리라 다짐을 해본다. 적어도 1년에 한 번쯤이라도 오늘을 기억하며 고백성사를 보듯 내 살아온 날을 되짚어 보리라.

나는 건강도 재력도 능력도 가지지 못한 것들이 많다. 허나 부자처럼 산다. 아니 부자다. 모든 것을 하늘에 맡기고 눈높이를 낮추자 나는 부자가 되었다. 예전과는 달리 작은 일에도 감사하는 삶으로 바뀌었다. 이렇게 행복해도 되는 것인지 모르겠다.

그동안은 꼭 불행하다고 생각하지는 않았지만 그렇다고 행복하다고도 생각지 않았다. 그런데 지금은 많이 행복하다.

주어진 모두가 축복이다. 맑고 향기로운 삶을 나는 선물로 받았다. 애벌레가 나비가 되듯 다시 훨훨 날 수 있는 나비가 되어 하늘에서 내려주신 생명으로 오늘 하루도 덤으로 살고 있다. 나에게 고난의 기억은 감사함과 깨달음과 사랑을 알게 해주었다.

죽음을 목전에 두고서 후회가 되는 것들이 많았다. 세상을 제대로 품지 않았던, 사람을 제대로 사랑하지 않았던, 열정을 마음껏 발산하지 않았던, 삶을 충분히 소진하지 않았던, 게으르고 맥없이 살았던 이런저런 일들이 마음에 걸렸었다. 언젠가 찾아올 그날 또다시 반복하여 후회하지 않게끔 앞으로 주어진 시간들을 행하지 못한 이 모든 것을 향해 따복따복 한 걸음씩 걸어가려 한다.

죽음의 문턱에 가본 사람은 안다. 저녁에 잠을 자고 아침에 깨어나는 것이 기적이라는 것을. 그래서 하루를 일생으로 생각해 보면서 몇 줄의 글이라도 써서 감사 기도를 올린다. 익명으로 주어지는 유한한 생 앞에서 정말이지 하루가 아깝다는 생각이 절로 들 때가 많다. 자신이 죽는 날을 미리 잡아놓고 하루를 일생처럼 사는 일일일생주의一日一生主義에 가깝게 살아보겠노라고 다짐은 했었지만 사람의 마음이란 간사한 것이라서 개구리 올챙이 적 생각 못하고 그저 묻혀서 다시 옛날처럼 두루뭉술하게 살아질까 싶다. 하긴 그러면 또 어쩌랴. 이렇게 숨을 쉬고 있다는 것 하나만으로도 소중한데.

창밖을 본다. 새봄이 일어서고 있다. 살아있음이여, 살아있음의 기쁨이여, 살아있음의 충만함이여, 아 이 행복이여. 생명을 다시 주심에 축배의 잔을 드나이다. 5년이 지나면 암의 재발에서 벗어나 안심할 수 있다는 그날이, 바로 오늘이외다. 건배!

있는 그대로의 그것

         딸애하고 싱가포르 여행을 한 것
이 발단이었다. 여행 중 전철을 기다리는데 딸내미가 빤히
내 얼굴을 바라본다. 한참 동안 바라보다가 얼굴을 이리저리
만져보기까지 한다.

  "엄마, 눈이 많이 쳐졌네. 조금만 잘라내면 좋을 것 같아.
아마 지금보다는 훨씬 괜찮을 거야. 내가 해줄게. 잘 할 수
있거든."

  며칠 후 전화가 왔다.

  "엄마, 목요일 오후에 시간 잡아 놓았으니 우리 병원에 와."

  '야, 이 나이에 대충 살지 무슨 수술이냐?'

  "엄마, 시기상으로 지금 해야 돼. 더 나이 먹으면 제대로

효과를 볼 수 없거든."

이른바 눈 성형수술을 하자는 것이다. '하긴 뭘 해. 대충 살지.' 말로는 그렇게 하면서도 솔깃하게 구미가 당긴다. 예뻐지고 싶다는 본능의 속삭임 때문이리라. 거기에 딸애의 의술을 내 몸에 지닌다는 이유를 플러스시켜 수술을 합리화했다. 미국 여배우 데미 무어는 성형비로 무려 5억 원을 지출했다는데 나는 지갑을 열지 않아도 된다는 계산이 마음을 먹는 데 한몫했는지도 모른다.

외모 집착은 인류의 짝짓기 메커니즘에서 시작되었다고 한다. 그런데 현대사회에서는 자손 생산 기회를 얻기 위해서라든가, 단순한 미적 쾌감을 맛보기 위한 기준을 넘어서버렸다. 그 집착은 이제 거의 광적인 수준에 달했다고 해도 과언이 아닐 정도다. 타고난 모습을 가꾸는 것으로 만족하면 좋으련만 사람들은 이에 멈추지 않고 자꾸만 인조인간으로의 변화를 꾀한다. 너도나도 성형을 하는 세상이라지만 눈 성형 이후로 나는 하나의 핸디캡을 지닌 셈이어서 떳떳하지 못할 때가 있다. 조금 나아진 모습을 보면 잘 했다 싶다가도 그냥 저냥 살 것을 하고 후회할 때도 있다.

도쿄에서도 여배우 몇 명만이 성형수술을 할 정도였던 1930년 즈음에 미용사이면서 영화배우였던 오엽주라는 여성이 한국인 최초로 쌍꺼풀 수술을 했다고 한다. 그 후 성형수술이 암암리에 성행했던 모양이다. 1935년 5월 1일자 ≪조선

중앙일보≫에 실린 어느 독자의 질문과 전문가가 대답한 내용이 참 재미있다.

"20세 처녀이온데 코가 얕아서 남모르는 비관을 하던 중 반갑게도 코를 높일 수 있다는 소식을 듣고 저도 곧 실행하려 하오나 동무의 말을 들으니 시일이 경과하면 코가 삐뚤어진다는 등, 코 살색이 푸르다는 등, 늙으면 흉해서 볼 수 없다는 등 여러 가지 말을 하니 얼른 실행키도 무섭습니다. 그게 정말인가요?" 이 질문에 대한 전문가의 답변은 "천연적으로 두는 것이 좋습니다."였다.

진정한 아름다움은 있는 그대로의 그것이 아닐까? 화장기 없는 얼굴로 생머리 질끈 매고 사는 사람을 보면 부럽다. 나는 한 달 남짓이면 어김없이 파마를 하고, 외출할 때마다 화장을 하고 드라이를 한다. 그러기를 벌써 몇십 년째. 가끔 단장을 하는 것에서 벗어나고 싶다는 생각을 한다. 그런데 나는 그럴 배짱도 용기도 없다. 초라하고 심란하게 비쳐질 내 모습에서 자유롭지 못하다. 외형을 가꾸는 데 꽤 많은 시간과 물질을 소비하면서 마음이 편치 않을 때가 더러 있다. 투자를 해야 된다는 생각도 있지만 한편으로는 낭비하고 있구나 하는 생각도 저버릴 수가 없는 게 내 솔직함이다.

의식의 한쪽에서는 겉치레와 무관하게 살고 싶어하면서도 다른 쪽에서는 그것을 추구하고자 한다. 때때로 일어나는 이런 갈등이 본연의 모습을 퇴색시켜 오히려 나를 밉게 만드는지도 모른다. 지적이고 영적인 것으로 나를 꽉 채운다면 자연적으로 아름다운 빛을 발할 수 있을 텐데 나는 거기까지 도달하지 못하고 있다. 그 부족함을 가리기 위해 날마다 거울 앞에 앉아 치장을 하고, 그것으로도 부족해 성형을 했는지도 모른다.

그렇지만 본능을 뛰어넘는 아름다움은 참으로 멋있을 게다. 어떤 측면에서 보면 조물주가 만든 그대로의 모습보다 더 아름다운 것은 없을 수도 있다. 창세기에서 만물을 만드신 분은 만들어진 것들을 볼 때마다 좋아 감탄하지 않았던가. 꽃 한 송이도 나비 한 마리도 만들 수 없는 사람이 창조주가 만들어 놓은 자기의 모습을 뜯어고치는 것은 자기를 부정하는 일이기도 하겠다. 조물주가 자기 안에 숨겨놓은 아름다움을 속속들이 찾아내어 그것들을 개발하여 밖으로 내보이는 것이 진정한 아름다움이 아닐까 하는 생각이 든다.

나는 지금 투박하지만 참으로 빛나는 본연의 아름다움을 잃어버린 사람일는지도 모른다. 그러나 내 안에는 무한 변신을 거듭해 영화배우처럼 아름다운 나 아닌 것 같은 멋진 모습과, 아무것도 가미하지 않은 있는 그대로의 무광의 모습을 추구하고자 하는 두 마음이 가끔 시소게임을 하고 있다. 아직 여자라서 그럴까?

하소연

　　　　한바탕 소나기가 지나가는 것처럼
폭식을 한다. 위胃한테 미안하다. 나는 잠시의 포만감을 만끽
하기 위하여 위를 혹사시키고, 위는 잠시의 포만감을 만끽하
기 위하여 나에게 폭식을 강요하고 있다. 나비 꿈을 꾼 뒤
낮잠에서 깨어나 내가 나비 꿈을 꾼 것인지, 나비가 내 꿈을
꾼 것인지 알 수 없어 투덜댔다는 장자의 몽리호접夢裡蝴蝶처
럼 내가 위를 아프게 하는지 위가 나를 아프게 하는지 도통
분간이 안 된다. 하여튼 위 때문에 몸 전체가 고통스럽다. 내
오장육부 하나하나가 모두 귀하신 내 온몸인가 보다.
　나는 도대체가 절제라는 것을 모르는 주인장이다. 맛있어
먹고, 먹고 싶어 먹고, 심심하여 먹고, 허기져서 먹고, 끼니때

라 먹고, 챙겨 줘서 먹고, 챙겼으니 먹고, 먹어야 하니까 먹고, 그냥 먹으니까 먹고, 앞에 있으니까 먹고, 버리기 아까워서 먹는다. 온갖 핑계를 총동원하여 온종일 입에서 먹을 것을 내려놓지 못한다. 나의 식욕은 통제 불능이다. 끊임없는 유혹에 넘어가 매번 과식을 넘어 폭식을 한다.

지금의 내 몸 상태는 입이 즐거우면 그것으로 그만이었던 그 옛날이 아니라, 아무거나 함부로 먹어서는 안 되는 비상사태임에도 정신을 못 차린다. 위가 감당하는 한계용량을 무시하고 마구 집어넣으니 에러가 나는 건 당연지사다. 힘겹게 노동을 해서 겨우 장으로 음식을 내려보내면 잠시의 휴식도 주지 않고 또 그득하게 채워 놓고는 네가 알아서 하라 한다. 본시 내 위는 아무리 부려먹어도 끄떡없는 머슴처럼 튼실했지만 무차별 가해지는 폭력 앞에 위 또한 온몸에 폭력적 반항을 일으킬 수밖에 어쩔 도리가 없었을 게다.

얼마 전까지 생사를 오가는 아픔에 허덕였으면서도 우리 주인장 이제 조금 살 만하니까 어느새 개구리 올챙이 적 생각 안 하고 또다시 식탐이 발동해 걷잡을 수가 없다. 이러다간 또다시 큰코다치지 싶다. 나도 두 손 놓고 파업이라도 선언해야 될까 보다. 위 안에서는 우르릉 쾅쾅 전쟁이 나서 깨어지고 부서지는데도 주인이랍시고 자기 맘대로 마구 먹어대기만 하니 도대체 나보고 어쩌란 말인지 모르겠다. 몸에 좋다는 보약을 먹여준들 무슨 소용이요 운동이랍시고 한들 무슨 소용이겠는가. 힘들여 일해주고 입으로 다 까먹는 어리석은 사람과 다름 아니니 말이요. 노아의 홍수처럼, 일본의 쓰나미처럼 나를 거센 풍랑으로 덮치는 우리 주인장. 거기 말릴 사람 누구 없소.

에리직톤은 신의 저주를 받아 참을 수 없는 허기로 자기 팔다리까지 뜯어먹었다 한다. 나도 폭식증에 걸린 걸까. 에리직톤의 허기는 여신 케레스가 아끼는 숲을 망친 죗값이었다는데, 나는 무슨 죄를 지었기에 이처럼 식탐을 참지 못하는지 모르겠다. 짐승도 양이 차면 아무리 맛있는 것을 주어도 먹지 않는다고 한다. 그런데 나는 뭐란 말인가. 맛있는 것을 먹을 때에는 잠시의 쾌감이 느껴지지만 곧바로 여러 부작용이 찾아와 힘들어진다는 것을 뻔히 알면서도 과식의 늪에 빠져 헤어나지 못한다.

더러는 음식물이 목까지 차올라 숨이 막히고 멀미하는 것처럼 미식거리며 식은땀이 날 때가 있다. 원시적 단편적 방법으로 어떻게든 숨구멍을 뚫어볼 양으로 화장실에 가보기도 하지만 그것도 순활하지 않다. 토해버리면 조금 수월하지만 식도에 악영향을 끼친다는 것을 알기에 그 방법은 최악의 상태에서 선택한다. 결국에는 음식의 역류현상을 견디지 못해 토하고 만다. 몸이 "주인님, 주인님, 제발, 제발." 하소연해도 그때뿐 소용이 없다.

웃을 일이 아닌데 헛웃음이 나온다. 속에서 아무리 비명을 질러대도 달콤한 입의 유혹은 한도 끝도 없다. 절제를 모르는 혀는 늘 날름거린다. 오늘 하루 먹은 것을 헤아려본다. 눈 뜨자마자 어제저녁 냉동실에서 냉장실로 옮겨 놓은 홍시부터 먹기를 시작해 밥, 옥수수, 떡 등등을 거쳐 저녁 잠들기 전 포도와 밀감까지 진종일 입이 쉬지 않았다. 종류도 많고 양도 엄청나다. 어떻게 사람이 이렇게까지 먹을 수 있을까 신기할 정도다.

원인 없는 결과는 없는 법. 먹는 양만큼 배는 불러오고 보대낀다는 이치도 잊고 똑같은 실수를 되풀이한다. 나에게 이성은 없고 본능만이 작용하는 걸까. 음식을 보면 과식하게 되고 과식은 더 많은 과식을 부른다. 어쩜 본능보다 무서운 욕망의 도미노현상일는지도 모른다. 나의 폭식은 위가 비어 배고파서 먹는 것이 아니라 어쩌면 정신적 결핍에서 오는 허기를 채우기 위한 것일 수도 있겠다 싶다. 그렇다면 더욱더 위에게 미안하다. 내 신체부위 중 가장 아끼고 사랑해주어야 할 소중한 위. 안쓰럽다.

뚱글뚱글해 부담스럽게 보이던 어느 친구가 저녁을 안 먹고 운동을 했더니 두 달 만에 4킬로가 빠졌다며 만족스런 웃음을 짓고 있었다. 아주 야들야들하게 얼굴까지 변해 있었다. 그 빠진 살이 대단해 보이는 것이 아니라 먹고 싶은 것 참아가며 견딘 의지력이 부러웠다. 하고 싶은 것을 참아낸다는 것은 참으로 어려운 일이다. 특히 먹고 싶은 욕망은 인간의 본능 가운데 으뜸이지 않은가.

기억 저편

어느 모임의 하계수련회 물놀이에 참가했을 때의 일이다. 막연히 물을 싫어했던 나는 물가에서 멀찌감치 앉아 여러 사람이 한 사람씩 들어다가 물속에 던지는 그들만의 장난을 웃으며 바라보고 있었다. 그들과 거리를 두고 떨어져 있었던 터라 넋을 놓고 웃고 있는데 어느새 그들은 불한당처럼 덤벼들어 물속으로 나마저 끌고 갔다. 나는 너무나 놀라 발악을 하며 도망치려 했지만 속수무책으로 그들에게 붙들려 물속에 던져지고 말았다.

그리 깊은 물도 아닌데 죽을 것같이 숨이 막혔다. 나중에 들으니 나는 얼굴이 창백해지더니 경기를 하며 의식을 잃더란다. 그들은 내가 엄살을 부리는 줄 알았다가 나가떨어지는 것을 보고 난리가 났던 모양이다. 나 자신도 물에 대한 거부 반응이 그렇게까지 심한지 몰랐는데 그 뒤부터 나는 물을 두려워한다는 사실을 확실히 알게 되었다.

언제부터 시작되었는지, 왜 그러는지 모르지만 이상하리만큼 약간이라도 깊어 보이는 물 근처에 가면 나를 삼켜버릴 것 같은 두려움에 오금이 저렸다. 태생적으로 나는 물을 무서워하는가 보다 하고 중년이 될 때까지 그냥 그러려니 하고 깊은 물을 피하면서 살았었다. 그런데 내가 생각해도 너무한다 싶을 정도로 아주 얕은 물에도 겁을 먹을 때가 있다. 도대체 이렇게까지 물을 무서워하는 이유가 뭐지? 하고 거듭거듭 자문하다가 문득 까마득히 잊고 있었던 기억 하나가 떠올랐다.

초등학교 3학년 때 일이다. 동네에서 떨어진 외딴집에 살았던 나는 등굣길은 언니랑 같이 다녀 신바람이 났지만 하교하여 집에 올 때는 늘 혼자여서 심란했다. 심약했던 열 살배기 꼬맹이가 혼자서 신작로를 지나 내를 건너고 논길, 밭둑길을 거쳐야 하는 시오리 하굣길은 학교가 파하기 전부터 걱정이었다. 그러던 여름 어느 날 갑자기 소낙비가 내렸다. 조심조심했지만 빗물에 잠겨가는 징검다리를 건너던 나는 그만 냇물의 급물살에 한참이나 떠밀려갔다.

아, 그렇구나. 바로 그것이었다. 그래서 그렇게 물이 무서웠던가 보다. 그동안 물에 노출되어 보지 않았기 때문에 내가 그처럼 물에 민감한 반응을 일으키는지를 몰랐다. 상처에 세월을 덧칠해 포장된 잠재의식이 물에 던져지는 현상적 사안에 의해 다시 수면으로 떠오른 것이다. 당시에 크게 놀라긴 했어도 특별한 후유증이 있었던 것도 아니었는데 그때 허우적거리며 탈출했던 죽음의 공포가 내 무의식 속에 잠재해 있었던 게다. 나는 나도 모르게 죽을 것 같았던 기억을 부풀려가며 오래도록 트라우마를 앓으며 살았음이다. 어렸을 때 부모님이 어떤 방식으로든 바로 치유를 해 주었으면 기억의 응어리는 쉽게 희석되었을지도 모를 일이다. 대수롭지 않게 방치해 버린 탓에 어른이 되어서까지 상처를 안고 있었던 것이다.

기억은 경험의 축적이다. 상처의 기억은 상흔의 아픔을 남기고, 환희의 기억은 아름다운 추억의 축적으로 남아 행복을 준다. 나 살기에 급급해 주변을 돌아보지 못하고 살고 있는데 누가 아파하며 힘들어할 때는 일부러라도 시간과 마음을 할애해서 그 상처를 보듬어 주어야 될 것 같다. 나의 작은 사랑이 한 사람의 아픔에 치유의 약이 된다면 그것이야말로 의미 있고 좋은 일이 아니겠는가.

창밖에 끊임없이 비가 내린다. 튼튼한 아파트에 살고 있어 이 한 몸 걱정할 필요가 없겠지만 이렇게 줄기차게 비가 내리는 날이면 괜한 불안감에 사로잡힌다. 프로이트는 무의식 속의 기억을 불러일으켜 노이로제를 치료했다. 이제 나도 그 불안의 원인을 알았으니 상처의 뾰족한 모서리를 다듬어가며 스스로 괜찮다고 위로해 주어야겠다.

누가 내 말 좀 들어주오

몇 년 전부터 일지 겸해서 간단히 일기를 쓰고 있다. 가끔 심심하면 뒤적뒤적 지난 시간들을 꺼내본다. 3년 전 아버지에 이어 지난해에는 어머니까지 돌아가시어 집 잃은 고아가 된 듯 많이 슬펐던 기억들이 펼쳐진다. 그런데도 슬픈 것은 슬픈 것일 뿐, 뭔가 좋은 일이 있을 것 같은 작은 설렘으로 내내 잘 지냈다.

뾰족한 것은 없어도 이삼십대보다는 사십대 아니 지금이 생애 최고의 행복을 누리고 있지 않나 싶을 정도로 매사가 즐거운 날들이었는데 요사이에 들어서는 멜랑꼴리한 낙서가 많다. 왜 그런지 아침 눈뜨기가 심란하고 하루하루 지내는 일이 맥없다. 장마철이라서 그런가 싶었지만 날씨 탓으로 이렇게까지 기분이 가라앉지는 않을 것 같다. 아마도 어머니 편찮으시어 친정에 드나들고, 또 둘째 딸 시집보내느라 엉개 둥개 바쁜 생활을 하다가 갑자기 할일이 없어지니 묻혔던 나 자신을 들여다본 것일 게다. 아무것도 아닌 것 같은 나, 흠집 투성이로 정체성이 모호한 나를. 새삼스런 일도 아닌데 하찮은 나 자신이 왜 껄끄럽게 일상을 자극하는지 모르겠다.

슬픔이 스치고 지나간다. 이 막연한 슬픔의 본질은 무엇일까. 나의 일상은 구체적인 이유가 없는데도 포만감은커녕 항상 한구석에 도사리고 있는 부족감의 연속이다. 흐물흐물 하는 일 없이 시간만 보내고 있는 것 같은 불편함에 마음도 몸도 편치가 않다. 애써 무슨 일인가 해 보려고 해도 손에 잡히지 않을 뿐더러 만사가 귀찮다. 사람 만나는 일도 성가시고 재미없어 피한다. 그러면서도 괜히 쓸쓸하다는 생각을 하며 지내니 나 자신도 알 수 없는 심사이다.

매번 가라앉은 어미의 전화 목소리가 신경이 쓰였던지 대전에 살고 있는 큰딸이 찾아왔다. 뭣 때문에 그런지 하나하나 짚어보자는 것이다. 한참 이런저런 이야기를 하다 보니 눈물이 핑 돈다. 이유랄 것도 없는 시답지 않는 이유다. 이제 큰일도 다 끝나 긴장이 풀어질 때도 됐고, 또 긴장이 풀어졌는데도 그 긴장의 끈을 놓지 않으려는 무의식의 발버둥이 나를 힘들게 하는 듯싶다. 그것의 주범은 막연한 욕망과 집착이다. 염치없게도 풍요 속에서 빈곤을 느끼는 호강에 받힌

소리로 나는 딸에게 투정을 하고 있었다.

그렇게 딸애하고 대화를 나눈 것뿐 특별한 환경의 변화는 없는데 언제 그랬느냐 싶을 정도로 며칠 사이에 기분이 바뀌었다. 침잠의 집에서 벗어나 다시 룰루랄라 노래한다. 이 나이에도 하늘과 땅을 오갈 정도로 감정의 기복이 심해서 큰일이다.

정신과 치료는 약물복용이나 기타 방법들이 수반되기도 하지만 맞장구를 치며 환자의 이야기를 들어주는 것만으로도 상당한 치유가 된다고 한다. 정신병적 증후는 자기표현과 소통의 결핍에서 오는 경우가 많을 것이다. 이는 내가 이렇게 힘드니 내 이야기 좀 들어주라는 소통의 출구를 찾는 몸짓이다. 이야기를 들어준다는 것은 그 사람을 인정하고 알아주는 소통이다.

신라 경문왕 때 왕의 두건을 만드는 복두장㡤頭匠이가 말을 해서는 결코 안 되는 왕의 비밀을 말하고 싶어 참고 또 참았다가 결국 이겨내지 못하고 대나무 숲에 들어가 "임금님 귀는 당나귀 귀"라고 외쳐댔다는 이야기가 있다. 하고 싶은 말을 하고 살아야만 되는 게 인간의 속성인가 보다. 누군가가 내 답답함을 들어준다면 얼마나 시원하겠는가. 여자들이 떠는 수다나 남자들이 술잔을 기울이며 하는 쓸 데 없는 말들은 무의식적인 찌꺼기 배설이며 정신적인 자기 치유일 것이다.

친한 친구가 공황장애로 힘들어하고 있다. 미칠 것 같은 공포감에 금방이라도 질식할 것 같고, 손발이 마비되는 듯해 밥도 제대로 못 먹고 잠도 잘 못 잔다고 한다. 더 이상 빠질 살이 없을 정도로 야위었다. 시도 때도 없이 반복되는 말로 고통을 호소한다. 안타깝지만 단지 그녀의 하소연을 들어주는 것 이외에는 그 친구를 도와줄 방법이 없다. 그런데도 나한테 한참 이야기를 하고 나면 그나마 살 것 같단다. 어둠에 갇혀 출구를 찾지 못하는 친구가 속히 빛을 찾아 제자리로 돌아왔으면 좋겠다.

안톤 체홉의 소설 ≪우수≫는 어느 마부의 아들이 죽은 지 일주일이 되었는데도 그 슬픈 사실을 어느 누구도 들으려 하지 않아 말을 꺼내다가 말고 말고 한다. 결국 주변에 그의 말을 들어줄 사람은 아무도 없다. 그래서 그는 끝내 사람이 아닌 말에게 그 슬픔을 속삭인다는 이야기이다.

숙소로 돌아와서도 자는 사람들뿐 그의 대화 상대는 어디에도 없다. 마지막으로 혼자서는 풀 수 없는 슬픔과 고적함을 독백하듯 말에게 중얼거릴 뿐이다. "그래. 말아, 쿠지마 이오느이치는 죽었단다. 오래 살라고 했는데 헛되게 가버렸단다. 지금 네가 망아지를 가지고 있다고 해보자. 그러면 너는 그 망아지의 어미가 된다. 그러나 갑자기 그 망아지가 죽었다고 해봐. 슬프지 않겠니?"라고.

혼자라는 것, 혼자서 이 슬픔을 감내해야 한다는 것은 죽음에 가까운 일일 것이다. 누가 내 말 좀 들어주오. 막혀 답답한, 때로는 미칠 것 같은 마음의 물꼬가 트일 수 있게 말이오.

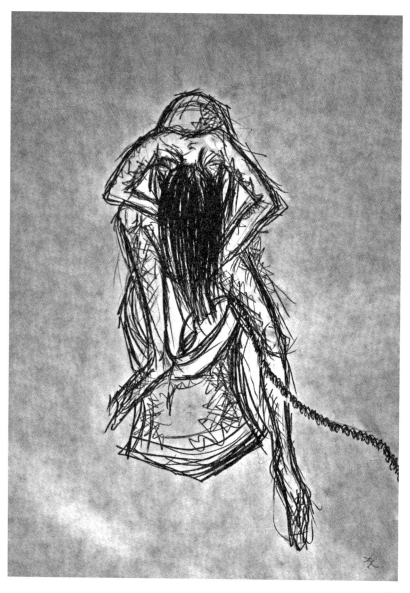

사색
Conté on paper

5

아버지 당신은
아버지의 죽음
어머니
마지막 손
어머니의 집
한 줄의 시
결

아버지 당신은

아버지의 자랑이었던 큰오빠가 당신보다 앞서 갔다. 그런 아버지는 오빠가 떠난 지 1년 만에 저 세상으로 가셨다. 오빠 가고 나서도 별 내색을 하지 않으셔서 남은 자식들은 금세 걱정을 잊었다. 워낙 강하고 건강하신 분이니까 아무렇지도 않은 줄 알았다. 시골에서 초등학교를 나왔지만 도회지의 명문 중·고등학교를 거쳐 대학교수를 하던 든든한 큰아들을 잃은 아버지의 속마음에선 슬픔이 넘쳤을 것이다. 그것을 억누르는 고통이 얼마나 컸을까. 내색하지 않은 겉모습만 보고 우리 형제들은 자식을 잃었는데 어떻게 아무렇지도 않게 사시는지 모르겠다고 흉을 보며 오히려 독살스럽다고 말했었다.

그런데 그게 아니었다. 아버지의 속마음은 썩어 문드러졌던 것이다. 100세까지는 무난하게 사실 것 같았던 분이 갑자기 돌아가신 것을 보면 말이다. 아버지를 조금만 더 헤아렸더라면 자식 된 도리를 그나마라도 했을 텐데 이제는 아버지가 안 계신다. 한번 떠나면 그것으로 끝인 것을 흙으로 돌아간 뒤에야 마음에 꽂히는 것은 무슨 얄궂은 심사일까.

아버지의 생신날은 섣달이기도 하지만 매년 어김없이 칼바람이 몰아쳤다. 우리들은 아버지의 성격이 까다로워서 생신 때마다 날씨까지 사납다고 소곤거렸다. 그런데 여든 즈음부터는 세월의 무게만큼 아버지의 성격이 누그러지시더니 공교롭게도 생신날도 포근해지기 시작했다. 자식들도 서서히 아버지 곁에 다가설 수 있었다.

생전에 아버지께서는 '썩은 정신으로는 아무것도 할 수 없다. 정신이 살아야 뭐든 해낼 수 있다.' 라고 잔소리를 해대곤 하셨다. 정신이 썩었다며 늘 혼을 내니 아버지가 집에 들어오시면 우리들은 슬슬 피하기 일쑤였다. 음식 하나를 드셔도 위생, 영양, 맛 등을 따졌다. 아침마다 냉수마찰을 하고, 과자 한 개라도 먹으면 곧장 칫솔질을 하시었다. 자식들에게 강조한대로 자신에게도 철저하여 성실, 근면하게 사셨으니 당신 눈에 자식들이 성에 찰 리가 없었다. 아버지의 독선, 지독한 절약정신과 잔소리는 식구들을 더욱 멀리하게 했다. 그러니까 자식들은 모두가 어머니만 감쌌고 아버지는 외톨이가 된

외로운 인생이었다.

잘 닳지도 않아 몇 달을 쓰는 '다이알' 세숫비누 하나도 비 눗갑에 물기가 조금이라도 들어 있는 것을 보면 헤프게 쓴다 고 고함을 치시고, 밤에는 석유 단다고 호롱불도 오래 켜놓 지 못하게 하여 언니들은 책도 마음대로 볼 수가 없었다. 말 년에 도시로 이사했을 때는 집안형편이 경제적인 굴레에서 벗어났는데도 아버지의 생활 습관은 조금도 달라지지 않아 택시 한 번 타는 법 없고, 시장 한 번 넉넉히 보는 법이 없어 옆에서 지켜보는 자식으로서 늘 안타까움이 있었다.

그런데도 아버지는 그런 것과는 상관없이 나름 멋쟁이셨 다. 한량 기질이 있어 북, 장구 치기를 좋아했고, 시조나 창 을 즐기셨다. 친정집에 가면 라디오에서 늘 노래가 흘러나왔 다. 지식에 대한 갈증을 느끼며 호학하여 일본어, 영어도 곧 잘 하시었다. 돌아가실 무렵 생사의 고비를 넘을 적에도 라 디오를 듣고 싶어하는 대단한 정신력의 소유자이셨다.

가난한 농가에서 태어나 정규교육을 받지는 못했지만 독 학으로 다방면의 지식을 습득했고, 특별히 한문에는 유식하 셨다. 또 면사무소에 근무하면서도 거기에 안주하지 않고 산 을 개간하여 많은 농작물을 소출하고 축산에도 힘을 써 가난 을 벗었다. 퇴직 후 전주로 이사하여서도 아버지께서는 편안 히 쉬며 살려 하지 않으셨다. 노인대학에서 학위를 따고 많 은 사람들과 교류를 하더니 전라북도노인회 회장직을 맡아

전라북도노인회를 오랫동안 총괄하셨다. 거기에 또 전주향교 전교를 두 번이나 연임하여 3대째 하시었다.

그러니까 80대 중반까지 어지간한 젊은이 못지않게 사회활동을 하셨다. 도시의 훌륭한 분들이 많았음에도 당신의 자리를 구축하여 꿈을 일구면서 열심히 그리고 강직하게 사셨다. 아버지께서 이토록 치열하게 살 수 있었던 것은 아마도 우리에게 늘 강조하셨던 정신력이었지 싶다.

잘생기고 유식한 아버지와는 달리 어머니는 문맹이신 데다가 인물도 한참 뒤떨어졌다. 그래서였을 게다. 어머니께선 아버지와 동부인하는 것을 창피하다고 아예 피하셨다. 아버지의 외출은 늘 혼자였다. 어머니는 소처럼 열심히 일하며 오로지 아들들 건사하는 것으로 아버지와의 장벽을 달래며 사시는 듯했다. 그런 어머니는 아버지의 사회활동을 못마땅해 하며 뒷바라지에 소홀하셨다. 소통하지 못하는 어머니와 함께해야 하는 아버지의 고통과 어깨를 나란히 할 수 없는 어머니의 고통을 지켜보는 자식의 입장은 어쩔 도리가 없어 아무런 힘이 되지 못했다.

아버지께서 가끔가다 약주에 취해 들어오는 날이면 어머니와 이상이 안 맞는다고 타령하며 서글퍼하셨다. 방관자로 살았던 딸이지만 아버지의 고독을 나는 알고 있었다. 부부간에 소통이 되지 않는 아버지의 삶은 언제나 한쪽 귀퉁이가 비어 있었을 게다. 지금 생각해보면 그 강함 속에 아버지의 외로움이 있었고, 자식들을 향한 속 깊은 애정이 숨어 있었던 것을 그때는 몰랐다. 무조건 아버지가 싫어 아버지를 외면했고, 사랑 표현 한 번 제대로 하지 않았다. 좀 더 정을 나누며 살았을 걸 하는 후회가 뒷북을 친다.

아버지는 집안행사 때는 나를 앞에다 불러 앉혀놓고 "야, 막내야, 한 잔 받아라." 하시며 술을 따라주셨다. 막내딸과 술잔을 나누는 게 좋으셨던 모양이었지만 아들만 아는 아버지가 싫어 나는 별로 달가워하지 않았다. 그럴 때 지긋이 나를 바라보시는 그윽한 눈빛에서 나는 아버지의 회한과 허탈을 느꼈지만 모르는 체했다.

아버지 살아계신다면 거한 술상 차려 놓고 우리 집에 꼭 한번 모시고 싶다. 죽음의 고비 고비를 넘기고 계시지만 아직 어머니가 살아계시니 그나마 다행이다. 요즈음 아버지 덕에 어머니한테 효녀 딸이 된 느낌이다. 아버지한테 못다 한 정 어머니한테 다하리라 마음먹는다.

아버지의 죽음

사람들은 모든 잣대를 자기 입장에서 잰다. 80 먹은 사람이 60 먹은 사람을 한창때라 생각하고, 남의 부모님 90세에 돌아가시면 살 만큼 사셨으니 괜찮고, 내 부모님이 90세에 돌아가시면 아쉬워 조금만 더 사셨더라면 하고 안타까워한다. 그런데 지금은 내 부모와 남의 부모를 대하는 잣대가 정반대가 되었다고도 한다. 그것은 옛 세대와 다른 새 세대의 자기 입장의 척도 때문이 아닌가 싶다.

우리 아버지는 90이 다 되었지만 평소 서신동에서 호성동까지 자전거를 타고 다니실 정도로 젊은 사람을 무색게 했다. 그런데 약간의 감기 증세에 갑자기 기력을 잃고 응급실과 중환자실 신세를 지게 되셨다. 검사 결과 폐 쪽에 문제가 생겨 산소를 마시기는 하는데 이산화탄소를 뿜어내는 기능을 하지 못해 마치 연탄가스를 마신 것과 같은 상태라고 했다. 산소기를 입에서 폐까지 연결시켜 도움을 받아야만 되는 상황이었다.

아버지는 눈물을 흘리면서 지금이라도 자전거를 타고 다닐 수 있을 것 같으니 제발 풀어달라고 하소연하셨다. 잠깐의 내시경도 힘 드는데 몇 날 며칠을 큰 대롱을 끼고 있었으니 생살을 찢어내는 듯한 고통에 몸부림을 치셨다. 인간의 마지막 존엄은 무너지고 짐승 같은 취급을 당하는 것 같았다. 견디기 힘들어하며 죽어도 좋다고 막무가내로 빼버리시려 하여 손과 발을 묶어 꼼짝도 못하게 했다. 그때는 그게 최선인 줄 알고 가족 모두가 병원에서 시키는 대로 동의하였다. 가족 면회시간이라고는 하루에 30분만 주어지니 얼마나 외롭고, 두렵고 고통스러웠을까를 생각하면 너무너무 가슴이 저미어온다. 며칠만 고생하면 된다 하였기에 고통을 견디게 했는데…… 병원 신세 14일 만에 아버지는 90세의 일기로 세상을 떠나시고 말았다.

아버지가 운명하시던 날, 어쩐지 아버지가 보고 싶다는 생각이 들어 허겁지겁 병원에 들어서는데 방금 운명하셨다는 것이다. 한 5분만 더 일찍 도착했더라도 임종을 보았을 텐데. 설마 했던 죽음에 어안이 벙벙했지만 그나마 채 식지 않은 아버지의 마지막 체온을 느끼면서 옷을 입혀드리고 양말도 신겨드릴 수 있어 다행이었다. 아버지는 깊은 안식을 향해 가고 있는 듯 영혼의 미소를 안은 편안한 얼굴이셨다. 너무도 매끈하고 백옥처럼 흰 피부가 아름답고 고왔다. 한 마리의 학이 된 것처럼 아버지는 그렇게 저승으로 훨훨 날아가셨다. 아버지는 숨을 거둔 뒤에도 돌아가시지 않은 듯 금방 눈을 떠 우리 자식들을 부를 것만 같았다.

병원 측 사람들은 아버지가 숨을 거두자마자 빨리 영안실 냉동고에 옮겨야 된다고 종용했다. 가족들의 슬픔은 아랑곳하지 않고 주변 환자들이 싫어하니까 서둘러야 된다는 것이다. 조금 전까지 살아있던 사람을 숨을 거두었다고 곧바로 냉동실에 넣어야 한다는 사실을 받아들이기가 너무나 힘들었다. 어떤 특정한 장소를 마련하여 가족들과 이별의 시간을 충분히 갖도록 했으면 하는 생각이 간절했다.

고통스러워하시던 아버지의 얼굴이 스친다. 얼마나 아팠을까. 온갖 기계장치로 생사람 죽게 한 기분이다. 아버지를 그렇게 보내고 나니 요즘 신조어인 웰 다잉well dying이란 낱말이 떠오른다. 아버지는 요즘 말하는 소위 웰 빙well being을 사신 분이다. 잘 죽기 위해 당신을 철저히 관리하며 사셨다. 그런데 가족들의 판단 오류로 아버지의 죽음을 웰 다잉이 되지 못하게 한 것은 아닌가 하는 자책이 든다. 기본적인 아버지의 권리를 지켜드리지 못해 마음이 아프다.

병원으로 옮겨진 환자는 사람이 아닌 물건 취급을 당하는 것 같았다. 인격도 뭣도 없는 것처럼 본인 의사와 상관없이 엄청난 고통과 비용 지출을 해가며 의사의 조종에 의해서 움직여야 한다. 온갖 기계장치에 가두어놓고 수시로 피를 빼가며 환자를 만신창이로 만든다. 성한 사람도 시달려 어떻게 될 것 같은 고통을 주면서 치유란 이름으로 혹사시킨다.

과학과 의학의 발달에 의해 죽음은 더 외롭고 기계적이며 비인간적으로 되어가고 있다. 식물인간처럼, 아니면 실험적 도구처럼 되면서까지 목숨줄을 연장하는 것만이 최선은 아닐 것이다. 기계적, 생물적 생명 연장에 집착하지 말고 진정으로 살아있을 수 있도록 환자를 배려했으면 좋겠다. 인생에서 가장 중요하고 행복했던 순간들을 함께 나누고 추억하며 마지막 삶을 가족들의 품안에서 편안하게 정리하고 저승길로 가도록 도와주었으면 한다. 고통 속에서도 사랑하는 사람들과 재미있었던 일을 이야기하며 영혼을 육신과 분리시킨다면 죽음의 길로 가는 순간도 행복하지 않겠는가?

아버지가 돌아가시고 몇 달 뒤 어머니가 응급실에 실려 가셨다. 아버지와 똑같은 증상으로 역시 아버지와 같은 처치를 해야 사실 수 있다 한다. 생명이 왔다 갔다 하는 기점에서 결정하기가 쉽지는 않았지만 어머니는 아버지의 전철을 밟게 할 수는 없었다. 병원 지시에 따르지 않으면 3일 넘기기가 어렵다고 했다. 병원 측은 앞으로 발생하는 어떤 일이든 보호자 탓이라며 책임 회피에 급급했다.

난 단호했다. 아버지를 그렇게 보낸 것이 후회스러웠기 때문에 어머니만은 평화롭고 존엄하게 가족들 품안에서 보내드리고 싶었다. 막상 돌아가시면 내가 어떻게 할 수 있는 부분도 아니었지만 어쨌든 아버지처럼은 보내고 싶지 않아 떨리는 손으로 일반적인 치료만 하기로 하는 서약서에 서명을 했다. 고통을 가하지 않는 기초적인 조치만 취하고 중환자실 비용으로 특실의 방을 얻어 가족들이 자유롭게 어머니를 지켜보며 어머니가 조금이라도 편안하도록 도와드렸다. 등 뒤에서 어머니를 꽉 껴안고 머리도 만져드리고 팔도 주물러 드리면서 지나간 추억을 이야기했다. 자연사는 생명 경시가 아니라 자연법칙을 따르는 것이고 존엄한 죽음의 권리가 환자에게 주어져야 한다고 아버지를 보내고 더욱 절실히 깨달았기 때문이다.

우리나라 평균수명이 79세란다. 68세까지가 건강수명이라니 그보다 11년이나 길다. 이 11년 정도의 남은 기간은 투병생활을 하며 생명을 연장할 뿐 사람답게 살지 못한다는 뜻이다. 나는 입버릇처럼 가망 없이 타인의 도움으로 살아가고 있는 사람은 늙으나 젊으나 빨리 가야 한다고 말한다. 먹는 것, 움직이는 것 등 사람이 누려야 할 기본적인 것도 할 수 없다면 살아있어도 죽은 사람이지 무슨 의미와 가치가 있겠는가? 너도 나도 사람의 권리를 누릴 수 있을 때까지만 살았으면 좋으련만. 그렇게 볼 때 우리 아버지는 돌아가시기 보름 전까지만 해도 건강하셨으니 참 축복된 죽음을 맞이한 것이다.

이제 나의 아버지는 이 세상에 안 계신다. 그러나 아버지와 딸로 맺은 인연 어찌 끊길 것이며 돌아가셨다 하여 어찌 잊고 홀연히 떠나보낼 수 있으랴. 내 이승의 삶을 다하는 그날까지 아버지는 내 가슴에 살아계실 것이다. 그리고 아버지와 똑같은 증상으로 똑같은 중환자실에서 똑같은 치료 과정을 거칠 뻔했지만 존엄한 죽음을 맞이해드리기 위하여 이를 거부했던 어머니는 죽음의 고비 고비 넘기고 아직도 살아계시니 얼마나 다행인가. 아버지께 못다 한 정 어머니와 마음 껏 나누리라. 아버지의 부재가 어머니의 존재를 더욱 사랑으로 감싸게 한다.

어머니

어머니는 아버지 돌아가시고 시들 시들하더니 1년 정도 지나서 장례준비를 해야 될 정도로 위독했지만 2년 남짓을 투병하면서 그런대로 버티셨다. 뇌수술 두 번에 교통사고도 당하고 오랫동안 신장투석까지 하였기에 아버지보다 일찍 가실 줄 알았는데 병치레를 하면서도 용케 잘 버티어 주셨다.

몇 달 전부터 갑자기 기력이 더 떨어지더니 며칠 전부터는 감기까지 들어 많이 힘들어하셨다. 그 판에 어머니의 89번째 생신을 맞았다. 앞으로 생신을 몇 번이나 챙겨드릴 수 있겠냐 싶어 우리 자식들은 극구 안 하겠다는 어머니를 모시고 조촐한 모임을 가졌다. 어머니는 숨이 차 식사도 제대로 못하셨다. 그리고 2층집 식당에서 계단을 부축으로도 안 돼 막냇동생이 업고 오르내렸는데 그것마저도 어지럽다며 힘들어 하셨다.

그리고 그날 밤을 어머니 생각에 내내 잠을 설쳤지만 여느 날처럼 아침 일찍 일어나 산에 가고 있는 중이었다. 막 소리 문화의전당 뒷길을 지나고 있는데 어머니를 모시고 있는 동생한테서 전화가 왔다. 어머니께서 임종하셨다는 전갈이었다. 동생이 새벽에 어머니 방에 가보니 언제 운명하셨는지 침대에 누워 주무시듯이 돌아가셨더라는 것이다. 바로 어젯밤 그러니까 불과 몇 시간 전에 뵌 어머니가……. 설마 그럴리가. 믿기지 않았다. 어제 생신 밥상에서 식사하시는 모습이 걱정스럽기는 했지만 이렇게 빨리 이승을 떠나실 줄이야. 자식들 모아놓고 마지막으로 모두의 얼굴을 보며 들지도 못한 최후의 만찬을 벌이신 것이다.

친정집에 갔다. 어머니의 몸은 아직 따뜻했다. 부둥켜안고 아무리 흔들어 깨우며 울어도 깊이 잠들어 모르는 사람마냥 꼼짝도 안 하신다. 그 어느 때도 울어보지 못한 통곡이 복받쳐 나왔다. 죽음은 냉정한 것. 장의사에서 막 도착해 병원 영안실로 옮기기 위해 어머니를 싸맨다. 이렇게 우리 어머니는 영영 이승을 떠나시었다. 평소 혼자 있을 때 죽을까 봐 두렵다는 말씀을 종종 하셨는데 문 밖에서 불러대는 저승사자를 보고 얼마나 놀라셨을까. 따라가실 때 힘들진 않으셨을까.

자식이 여덟이나 있는데 아무도 임종을 지켜드리지 못하고 가시게 한 것은 자식 된 도리가 아니었다.

어머니의 성품대로 죽음도 자식들 힘들게 하지 않고 주무시듯이 가셨다. 어머니께서는 누구에게도 귀찮게 하지 않는 성격이라 병중에서도 물을 마시고 싶어도 자식한테 물 한 대접 떠달라고 부탁하기를 미안해 했고, 몸이 아파도 별로 내색을 하지 않아 생각보다 통증이 없으신가 하고 의심할 정도였다. 참을 수 있는 한 참으면서 남을 배려하는 분이었기에 마지막 가는 길도 식구들 편하게 하려고 조용히 떠나셨을 거란 생각이 들었다.

남은 자식들의 서러움은 강물을 이루는데 세상 것 다 털어내고 하나하나 꽃단장하며 갈아입는 수의는 곱기도 했다. 새색시 단장하듯 아름답게 치장을 한 어머니께서는 저승의 저 강물 너머로 떠나고 계셨다. 옷 한 벌 변변치 않아 제대로 입고 살지도 못했는데 고실고실한 삼베, 모시옷 겹겹이 갈아입고 떠나시는 마지막 모습이 개운했다.

어머니 침대 머리맡에는 늘 거울과 빗 그리고 로션이 자리하고 있었다. 본래 정갈한 성품이라 나이 듦에 따라 볼품없이 변한 얼굴에 신경이 쓰이셨던 게다. 불편한 몸으로도 머리를 빗고 얼굴에 로션 바르는 일을 게을리하지 않으셨다. 90이 다 되어가는 나이에 병으로 만사 귀찮으셨을 텐데 정신력이 대단하셨던 것이다.

어머니를 순창의 선산에 치표해 둔 유택에 모셨다. 몇 푼 어치도 안 되는 유품은 모두 불속으로 던져졌고, 평소 쓰시던 손바닥만 한 손거울과 손잡이가 잘려나간 머리빗, 그리고 쓰다 남은 로션을 관에 넣어드렸다. 저 세상에서도 이승에서처럼 깔끔하게 하고 계셔야 할 테니까. 평생 농사에 찌들려 어느 한때 편안히 쉬어본 적 없이 많은 재산을 일구었지만 무슨 소용인가. 어머니께서는 값나가는 물건 하나 지니지 못하고 그렇게 가시었다. 영원한 안식을 위해 자연으로 돌아가 흙과 편안히 한몸이 되셨다.

삼우제 날 한참 제사를 지내고 있는데 묘역을 둘러싸고 있는 나무에 새 몇 마리가 앉아 짹짹거리더니 삽시간에 수백 마리가 날아와 묘역을 서너 바퀴 돌다가 이내 사라졌다. 새들이 사라진 쪽을 바라보는 눈시울이 나도 몰래 젖었다. 천사들이 내려와 우리 어머니 잘 계신다는 소식을 전하고 간 걸까.

작년 어느 날 어머니 집에 갔을 때였다. 와이셔츠 상자에 식구들 사진 몇 장을 엉성하게 붙여놓고 그걸 들여다보고 계셨다. 어머니 이게 뭐야. 그랬더니 "나 혼자 심심해서 사진이라도 보고 있을라고. 여기에 너그 아버지도 있고 죽은 너그 오빠랑 식구들이 전부 있잖아. 보고 있으면 그래도 시간이 잘 가야." 하시며 먼저 가신 아버지와 오빠 그리고 곁에 살지 않는 자식들 보고 싶은 마음을 사진으로 달래고 계셨다.

발상이 재미있다고 나는 웃어넘겼지만 눈물이 핑 돌았다. 한 번도 나약한 모습을 보이지 않아 아예 감정마저도 없으신 줄 알았는데 그게 아니었다. 무관심했던 불효가 죄스러워 바로 사진틀을 사다 드렸지만 그것뿐 그 후로도 살뜰히 모시지 못했던 게 마음에 걸린다.

7년 동안이나 이틀에 한 번씩 어김없이 피를 걸러내던 어머니였다. 퉁퉁 부은 팔다리와 깡마른 얼굴. 피를 걸러내는 일은 어머니의 생명을 잇는 마지막 수단이었다. 온몸의 찌꺼기를 하루가 멀다 하고 비워내신 어머니. 고통으로 세상의 오욕을 끊임없이 비워내며 죽음을 준비하신 것이다. 그러다가, 그러다가 다 비워진 지금 우리 어머니는 세상 것 모두 털어내고 하늘로 훨훨 떠나셨다.

마지막 손

　　그냥 좀 크려니 생각했지 그렇게 내 손이 못생긴 줄은 몰랐다. 몇 해 전 어느 날 볼링을 배우면서 농사꾼도 아닌 사람이 시골에서 일깨나 한 남자의 손처럼 거칠게 생겼다는 것을 처음 알았다. 이건 내가 봐도 여자의 손이 아니었다. 그때부터 나는 손에 대한 콤플렉스로 어디에서 손을 내밀 일이 있으면 죄를 지은 듯 쭈뼛거리는 버릇이 생겼다. 손이 그렇게 생겼으면 힘이라도 세야 하는데 힘쓰는 데는 공주다. 과자봉지 하나도 선뜻 뜯지 못해 남의 힘을 빌리는 경우가 더러 있을 정도다. 볼링을 칠 때 내 체중으로는 11~12파운드의 공을 써야 한다. 그런데 엄지손가락이 굵어 2단계 정도 무거운 공을 사용해야 하니 공의 무게와 신체구조의 부조화로 자연히 몸이 휘청거릴 수밖에 없다. 결국 볼링을 조금 배우다 도중하차하고 말았다.

내 손이 그리된 데는 그만한 이유가 있다. 태생적으로 어머니의 크고 곱지 않은 손을 닮았고, 또 일을 할 때 손을 아끼지 않고 하기 때문이다. 거기에다 초등학교 시절부터 손가락 꺾기를 해왔다. 이 놀이가 습관이 되어 이젠 주기적으로 꺾기를 해주지 않으면 손가락 마디가 시지금하니 불편하다. 손가락꺾기를 하면 손가락에서 나는 똑똑똑 뚜두둑 부러지는 듯한 소리가 통쾌하게 들리고, 또 실제로 손가락이 시원하다. 그러니 손마디가 갈수록 굵어지는 것은 당연지사가 아니겠는가.

그런데도 어머니만을 타박했었다. 다른 형제들은 아버지를 닮아 손발이 고운데 왜 하필이면 나만 어머니를 닮게 만들었냐고. '내가 이쁘게 맹글고 싶지 않아서 그랬것냐. 나도 이쁘게 맹글어 주었으면 조컸지. 근데 그게 맘대로 된다냐. 그리도 너는 아버지 닮아 키랑은 크지 않냐. 니 큰언니는 그 대신 키가 작잖여.'라던 돌아가신 어머니의 말이 생생하다.

아버지는 훤칠한 키에 이목구비는 물론이요, 손발까지도 고운, 요즈음 말하는 꽃미남이셨다. 그에 반하여 어머니는 작은 키에 어쩌면 손이 저렇게까지 엉뚱하게 달렸을까 싶을 정도로 마디가 굵고 힘줄이 불거진 두더지 앞발 같은 손이었다. 물먹는 하마처럼 우리 집 살림의 모두를 아우르셨던 어머니의 손은 그렇게 생길 수밖에 없었을 것이다. 밭을 맬 때도 밭고랑을 다른 사람보다 두세 배를 맡아도 남보다 앞서갔고, 음식 만드는 것도, 바느질을 하는 것도 뚝딱 뚝딱 마법의 손처럼 초능력을 발휘하셨다. 어머니의 그 손이 아니었다면 우리 8남매가 어떻게 컸겠으며, 많은 농사일을 그 누가 감당할 수 있었겠는가. 그리고 보면 손발이 크고 못생긴 것은 부끄러움만이 아니라 당당하고 아름다운 것이 될 수도 있다는 생각이 들기도 한다. 생각은 그러면서도 아직도 악수를 할 때면 쭈뼛거리고 손 내밀 일은 피하기 일쑤다. 얼굴 마사지 받을 때 서비스로 주어지는 손 관리마저도 창피함을 느껴 다른 핑곗거리를 대며 사양하는 못난 짓을 한다.

그러나 살아오면서 손끝이 야무지다는 소리는 종종 들었다. 여학교 때에는 수예시간이 즐거웠고, 결혼해서 뜨개질로 방석이며 커튼까지 만들어 온 집안을 꾸몄다. 바느질이 재미있어 우리 딸들 옷을 만들어 입히기도, 헝겊을 끊어다가 이웃들에게 홈패션을 만들어 주기도 했다. 똑같은 재료를 가져도 다른 사람보다 조금은 맵시 있게 만들고, 음식을 해도 감칠맛 있는 요리를 해내는 손재주가 약간은 있는 듯싶다. 일하는 속도도 다른 사람보다는 빠른 편이다. 이런데도 미관상 문제에 연연해서 못생긴 손을 탓하며 계속 살 것인가? '뭐하기 때문에 뭐한다.'만이 아니라 '뭐하기도 한다.'라는 세상 법칙이 있지 않은가.

세상에서 어떤 손이 가장 아름다울까. 거대한 오케스트라를 쥐락펴락하는 지휘자의 손? 무릎 꿇고 남을 위해 눈물로 두 손 모아 기도하는 손? 왼손이 모르게 착한 일을 하는 바른 손? 상처받은 이를 다독이는 손? 이 모두가 아름다운 손이다. 그러나 내 기억 속에는 영원히 지워지지 않을 아름다운 손이 있다. 어머니를 염하는 납관사의 손과 대비되어 클로즈업되었던 우리 어머니가 보여준 마지막 손이다.

어머니 마지막 가시는 날 섬세하고 절도 있는 동작으로 염을 하기 시작한 것은 젊고 예쁜 납관사의 뽀얀 손이었다. 어머니의 차가운 시체를 닦고 또 닦아 정갈하게 수의를 입히는 그 납관사의 손은 마치 사랑하는 사람을 애무하는 듯 정성을 다하고 있었다. 따뜻한 손길로 죽은 자를 보내는 그 장엄한 의식은 어머니를 배웅하는 유족으로서 여간 감사한 일이 아니었다. 어떻게 저 가녀린 손으로 이런 일을 해낼 수 있을까. 경이로움이 슬픔을 막아서는 듯한 광경이었다. 염을 하는 여자의 예쁜 손과 소나무 등걸같이 투박한 어머니의 손에서 죽은 자를 여행 보내는 납관사의 이야기를 다룬 영화 〈굿 바이〉의 한 장면이 연상되었다.

어머니의 흙내 나는 손은 거룩하고 위대한 손이었다. 손에서 손으로 이어지는 대물림은 부끄러움이 아니었다. 저 어머니 손을 딸인 내가 그대로 닮았구나. 순간 통증으로 범벅된 뿌듯함이 전율처럼 온몸으로 흘렀다. 남원에 사는 복 시인은 관절염을 앓아 험악해진 당신 어머니의 손의 형상을 돌아가시기 1년 전에 석고로 본을 떠서 간직하고 있다고 했다. 나도 경전 같은 울 엄니의 손을 그렇게 간직했으면 좋았을 걸 왜 그런 생각을 하지 못했을까. 죽은 부처가 슬피 우는 제자 가섭을 위해 관 밖에 발을 내어보였듯이 우리 어머니는 마지막 가시는 길에 내게 손을 내밀어 주셨다. 어머니는 어째서 얼굴도 몸도 아닌 손을 내 눈에 부각시켜 주셨을까. 아마도 손이 밉다고 항상 콤플렉스를 느끼는 내게 그러지 말라는 암시였을 것 같다. 마지막 가실 때에서야 세상에서 가장 아름다운 손으로 내게 비쳐진 내 어머니의 손은 살아계시는 동안에 하시지 못한 많은 이야기를 담고 있었다.

지금도 어머니를 생각하면 제일 먼저 어머니의 손이 어머니의 전부인 양 떠오른다.

어머니의 집

어머니 돌아가시고 첫 명절을 맞는다. 갈 집이 없으니 겨울 들판에 서 있는 사람처럼 춥다. 아들만을 좋아했던 어머니는 딸들이 머물기에는 불편한 오두막 같은 집이었다. 그러나 이제 와 생각하니 어머니가 계신 것 하나만으로도 무시로 드나들 수 있는 이 세상 어느 집보다 크고 튼튼한 안식처였는데 옹색하다고 늘 불만을 터트렸다.

건강하실 때나 병중이었을 때나 어머니란 이름만으로도 우리 자식들의 기둥이었고 구심점이었다는 것을 이제야 알겠다. 어머니의 묵언이 꽉 차오르는 지금 당신은 바위가 되고, 나무가 되고, 햇빛이 되어 자식들 곁에 머무르실 테지만

어머니의 집

173

우리 자식들은 불협화음을 내고 있다.

아버지 돌아가셔 못다 한 효를 어머니께 다하리라 다짐했었는데 흐지부지 지낸 세월이 회한이 되어 가슴을 친다. 신장투석 7년 만인 지난해 갑자기 어머니는 세상을 떠나셨다. 어머니가 좋아하시던 음식을 먹을 때나, 못 입으셨던 좋은 옷을 볼 때는 가슴이 미어지지만 더 이상 만지지도 보지도 못하는 어머니인데 지금에서야 후회한들 무슨 소용이 있겠는가.

효도한답시고 시장에서 변변치 않은 싸구려 옷을 사드리면서도 호주머니 생각을 하며 인색했던 나였다. 지금은 돈이 있어도 맛있는 것, 좋은 옷 사드릴 수가 없으니 이 한스러움을 어찌하겠는가. 살아생전 모시고 여행이라도 한번 다녀올걸, 이런저런 아쉬움뿐이다. 근원을 그리워하는 본성인지, 살아생전에 흡족하게 모시지 못한 자책인지 날이 갈수록 그리움이 절절하고, 보고 싶고, 애통한 마음 가눌 길이 없다.

생업에 쫓기어 아침에 나가면 늦은 밤에서야 돌아오는 식구들을 기다리며 병들어 고통스런 몸으로 혼자 울었을 어머니의 어둠 속 아픔을 헤아려본다. 나는 왜 어머니의 고독과 외로움을 읽지 못한 것이었을까. 살아생전 하룻밤이라도 한 이불 속에 누워 따뜻한 시간을 왜 가져보지 못했을까. 어쩌다 피곤해 잠깐 어머니 곁에 누우면 넓은 침대임에도 불구하고 행여 불편할까 봐 귀퉁이에 오그려 붙여 당신의 자리를 좁히시며 나에게 이불을 덮어주고 베개를 고쳐 주시던 어머니였는데. 어머니를 향해 늘 경직되어 지냈던 나는 어머니께 이불을 덮어드리고 베개를 고쳐 베어 드릴 그런 마음을 가지지 못했었다.

　나는 형제들 중에 유독 어머니를 많이 닮았다. 그동안은 어머니 모습에서 나를 보면서 살았는데 이젠 내 모습에서 어머니를 본다. 어렸을 때 쓰던 낱말들을 도회지에 나와 살면서 거의 잊어버렸는데 어머니 돌아가시고 어느 때부터인지 나도 모르게 어머니의 언어가 불쑥불쑥 튀어나오고 어머니의 몸짓이 시도 때도 없이 내게서 나타나 깜짝 놀란다.

　나는 누구보다도 촌스런 말투나 사투리를 쓰지 않았던 것 같은데 왜 그런 말투와 몸짓이 나오는지 나도 모르겠다. 어머니 살아생전에 이런 말들을 썼더라면 어머니와 더 깊은 교감을 나누며 웃을 수도 있었을 것 같다. 어머니 사투리 쓰는 모습이 생전처럼 환하게 그려진다. 나이를 먹을수록 닮아가는 어머니와 딸. 나의 핏속에 어머니를 닮은 유전인자가 흐르고 있음이다. 설령 세월이 흘러 낱말 하나 이어지지 못한다 하더라도 나에게도, 내 자식들에게서도 대대손손이 나의 어머니는 희석되어가면서라도 머물고 있을 것이다.

　어머니가 바늘꽂이로 사용했던 양복저고리 어깨에서 빼낸 스펀지를 유품으로 가져온 것이 참으로 다행이다. 그냥 쓰레기통에 버려도 눈에 띄지 않을 하찮은 것이지만 난 그 손바닥만 한 헝겊쪼가리를 어렸을 때 코 묻은 손수건을 간직하듯 어머니의 흔적으로 지니고 있다. 내 반짇고리에 담아놓고 가끔은 코에 대고 냄새도 맡으면서 어머니의 체취를 느낀다.

내일이면 설날이다. 세배도 드리고 어머니의 품안에서 온몸을 풀어놓고 뒹굴뒹굴 뒹굴어보고도 싶다. 그런데 어머니란 집도, 어머니의 집도 없어 사십구재 때보다 더 허허로운 마음이다. 부모님을 찾아가 세배 드릴 수 있는 것만도 얼마나 행복한 일이었던가. 어머니는 언제나 돌아갈 수 있는 편안한 집이었다. 그런 집을 잃었으니 이제 나는 어느 집을 찾아가야 할까.

한 줄의 시

고희가 된 언니가 있다. 참 힘든 인생을 살아온 언니다. 내가 초등학교 3학년 때 언니는 시집을 갔다. 결혼식 전날 언니의 불행을 예시豫示라도 하듯 왜 그렇게 머리가 아팠는지. 온 동네 사람들이 와서 방방에 앉아 장만을 하고 잔치마당을 벌이고 있었는데 어린 나는 머리를 벽에 찌면서 밤새도록 울었다.

거창한 집인 줄 알고 간 시집은 중매쟁이의 속임수였으니 남의 돈으로 호화롭게 사는 집이었다. 형부 역시 뾰족한 직업도 없이 기생오라비처럼 말쑥하고 속만 좋았지 실속이 없는 사람이었다. 그래도 형부 계실 때는 그냥저냥 잘 살았다. 그것도 불과 10여 년. 막내가 막 백일이 지나고 큰애가 겨우

초등학교 4학년 때 1남 3녀를 남겨두고 형부는 세상을 떠났다. 아무것도 없는 빈털터리 상태에서 하루아침에 가장이 되어 자식 넷을 책임져야 하는 처지가 된 언니는 얼마나 기가 막혔을까. 난 어리고 떨어져 살아서 잘 몰랐지만 철이 들어 언니가 살아온 이야기를 들어보니 안 해본 일이 없을 정도로 궂은일을 했다고 한다. 갖은 고생을 다하면서 악착같이 산 덕분에 지금은 돈 걱정 안 하고 살 정도로 이룩해 놓았다.

"언니, 이제는 살 만큼 사니까 그렇게 궁상떨지 말고 제발 언니를 위해서 좀 살아. 언니 나이가 지금 몇인데?" 하고 성화를 대도 열심히 사는 것이 몸에 배었는지 사람을 쓰지 않고 원룸을 운영하면서도 다른 일까지 욕심을 내며 끊임없이 무언가를 한다. 노인 일자리 창출 명분으로 주는 도립미술관 안내라든가 어린이 인형극, 예절교육 지도 같은 것을 쉼 없이 하는 맹렬여성으로 몸을 돌보지 않고 있다. 주변의 법적인 문제나 세금 문제 따위를 전문가 못지않게 해결해 주기도 하고, 손재주가 있어 바느질이며 도배며 미장 같은 일도 사람을 부리지 않고 스스로 해결한다.

언니는 살아온 날이 징그럽단다. 딸의 재능과 자존감은 용납하지 않고 아들만이 제일이라는 닫힌 집안에서 태어난 것, 그것도 맏이로 태어난 것이 불행의 시작이었다고 입버릇처럼 말한다. 누구보다도 총명했지만 학교교육도 제대로 받지 못하고, 결혼 전부터 일곱 명이나 되는 동생들의 치다꺼리와 남보다 많은 농사의 잡일들로 언니 자신의 인생은 아예 없는 양 아버지와 아들 넷을 위한 희생양이었다 한다. 부모와 시대에 대한 원망, 인생을 강요된 희생으로만 살아야 했던 분노, 여자 혼자의 힘으로 자식 넷을 건사하며 겪어야 했던 고통과 질시 그리고 서러움, 외로움, 그리움. 스스로도 자랑스러웠을 남보다 뛰어난 재주를, 그 재주가 넘쳐 가슴에 활화산같이 분출하는 꿈을 사장시킬 수밖에 없었던 한恨과 한限들을 언니는 용케도 잘 견디어냈다.

유난히 추운 지난겨울이었다. 언니가 "야, 막내야. 시내버스를 기다리는데 정거장 벽에 붙어 있는 김동수의 〈새벽달〉이란 시가 너무 좋아 적어왔는데 한번 볼래?" 하면서 수첩을 꺼낸다. 정신없이 적는데 버스가 와 한 줄은 외워서 차 안에서 썼지만 마지막 줄은 못 썼다면서 삐뚤빼뚤 베껴온 시를 보여준다. 그 시 한 줄, 그 마지막 한 행을 미처 적지 못했음을 몹시 안타까워했다. 추운 것도 아랑곳하지 않고 시에 마음을 빼앗겨 옮겨 적고 있었을 언니의 모습이 한 편의 그림으로 내게 왔다. 나이 들고, 굴곡진 모진 세월 찌든 삶을 살았음에도 마음 한편에 그런 정서를 지니고 있는 언니의 모습이 낯설게 아름다웠다. 엄동설한에 시가 좋아 곱은 손으로 수첩에 옮겨 적었다는 사실만으로도 충분히 놀랍고 감동적이었다.

언니의 고통과 아픔의 마디들이 오히려 '한 줄의 시'를 가슴에 품게 만들었는지도 모른다. 한 줄의 시가 삶 속에 머물고 있으면서 그렁그렁 흐르는 눈물을 닦아주었을 것이고, 힘든 기억들을 치유해 주었을 것이고, 고단한 하루를 보듬어 위로해 주었을 것이다. 또한 칭얼거리는 영혼을 남모르게 달래는 도구가 되었을 것이고, 때론 한 숟가락의 밥보다 더 큰 힘이 되어 삶을 지탱해주었을 것이다.

삶의 여유나 여력이라고는 하나도 없는 언니의 건조한 가슴을 조금이나마 촉촉함으로 적셔준 것이 바로 '한 줄의 시'가 아니었을까. 그러나 무엇보다도 그런 역경에서도 시심을 잃지 않고 살고 있는 언니의 노년이 한 편의 시보다 훨씬 아름답다.

결

식당을 운영하는 바로 위 언니가
있다. 크면서는 어지간히 티격태격했었는데 싸우면서 정이
들었는지 아니면 나이 차가 없어서 그런지 8남매 중 가장 가
까이 지낸다. 음식장사를 하기도 하지만 언니의 후한 성품으
로 곧잘 먹을거리들을 챙겨준다. 된장 고추장을 비롯해서 갓
버무려낸 김치며 싱싱한 푸성귀까지도.

보통은 조금씩 나누어 주는데, 언니가 대량으로 음식 재료
를 사다 보면 가격대비 품질이 좋은 것이 있을 때는 나에게
주선도 한다. 이번에는 젓갈을 담아야 할 정도로 별로 크지
않은 조기새끼지만 맛이 제법 괜찮다고 몇 마리 보내왔다.
짭조름하면서도 달착지근하다 할 정도로 깊은 맛이 난다.

시골에서 양은냄비에 청양고추 두어 개와 대파를 송송 썰어 넣고 고춧가루 살살 뿌려 짜갈짜갈 지져 먹던 그 옛날 그 맛이다.

조기 맛에 반해 식구는 없지만 주변 사람들과 나눠 먹을 욕심으로 통 크게 한 박스를 주문했다. 조기는 나무박스 속에서 저마다의 자태로 꽁꽁 얼어붙어 있다. 혼자서는 움직이기도 힘든 아주 많은 양이다. 돌덩어리처럼 단단해 조금 녹여서 떼어 보았지만 장갑을 끼었는데도 손이 시리고 가시가 박혀 팽개쳐버리고 싶다. 완전히 녹여서 떼면 수월하겠지만 얼렸던 것이라 생선 자체가 흐물흐물하여 신선도가 떨어질 것 같고, 어느 정도 적당히 녹았을 때 떼어야 하는데 때 맞추기가 생각같이 쉽지 않다. 빨리 할 요량으로 칼로 떼어본다. 몸통에 상처가 나기도 하고 머리가 떨어져나가기도 한다.

끙끙대며 한참 하다 보니 요령이 생긴다. 쟁여진 순서대로 결을 따라 한 마리씩 떼어내니 훨씬 수월해진다. 작은 철학이다. 모든 사물에는 나름대로 규칙이 있고, 순서가 있고, 흐름이 있다. 그 본성을 찾아 자연스럽게 사물을 대하는 것이 순리인 것이다. 이런 상식을 무시하고 마구잡이로 했으니 힘이 들 수밖에. 역시 사소한 것 하나라도 억지로 되는 게 없다.

포정해우庖丁解牛라는 고사성어가 있다. 장자의 양생주에

나오는 포정이라는 백정은 솜씨가 얼마나 능란 능숙했던지 수천 마리의 소를 잡았는데도 한 번도 칼을 갈지 않았다고 한다. 그것은 골절에 있는 틈새를 이용해 뼈를 다치거나 살을 거스르지 않고 절대로 칼을 썼기 때문이란다. 결을 아는 일이란 단순히 기술적인 재주뿐만이 아니라 고도의 정신까지 합일되어야 가능하리라고 본다. 이는 본래 있는 그대로의 자연의 이치와 순리를 찾아가는 마음 작용이 아닌가 싶다.

굳이 거대담론에서 찾지 않아도 주부들의 일상에서 이 순리를 찾을 수 있는 것들도 많다. 쇠고기 장조림도 결을 따라야 정갈하다. 결을 따르지 않고 억지로 잘라놓으면 쥐어뜯어 놓은 것같이 볼품이 없을 뿐더러 맛도 없는 것 같다. 여자들의 화장법도 마찬가지다. 화장품을 살결에 따라 발라주면 훨씬 곱게 먹힌다. 옷감을 자를 때도 결을 따르면 조금의 가위질로도 손쉽게 자를 수 있다. 포목점에서 옷감의 끝에 작은 흠집을 내서 양손으로 쭉쭉 찢어도 손색이 없었던 것은 막무가내로 한 것이 아니었음이다. 아무 생각 없이 무심코 하는 것 같은 우리네 일상들에도 결을 찾아가는 나름의 지혜가 있었음을 알겠다.

결이란 자연스럽게 형성된 순한 이치가 아닐까? 거스르면 뒤틀리고, 욕심을 부리면 제 빛을 잃어 망가진다. 세상 이치나 흐름이나 그 모두가 역리하려 하면 거칠어져 힘이 들게 되고, 순리를 따르면 부드러워져 쉬워지게 되는가 보다. 그래,

아무리 거친 세파가 밀려와도 결 따라 파도타기를 하면 오늘 하루도 행복할 것이다. 행복을 찾아 파도타기를 떠나자.

때로는 망상만이 도피처가 될 수 있다.
눈물의 피난는 이미 지는 해의 모습을 꿈꾸고만
있겠다. 부르륵 부르르륵. 이미 중독되버린 날개짓,
비례하는 중압감을.   난 이미 ‥‥‥‥

silent night

이미 딸꾹~.

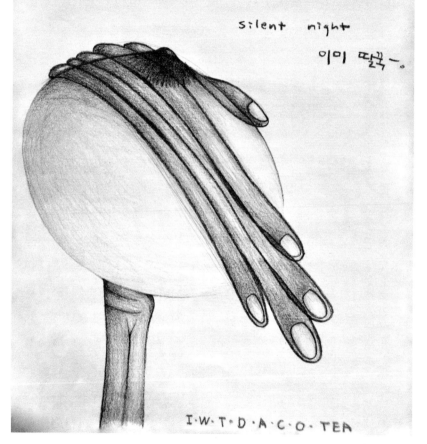

I·W·T·D·A·C·O·TEA

A bad drunk
Color pencil on paper

6

목욕하는 사람들

소싸움

청타기

새벽을 여는 신문

음식 이야기

서울로 간 파리

글씨도 나이를 먹는다

또 술 많이 드시고 이승에 오시지요

목욕하는 사람들

샤워 중독이 아닌가 싶다. 나는 몸이 무거울 때나 피로에 지칠 때 기분전환삼아 샤워하는 습관이 생겨 하루에도 몇 번씩 물을 끼얹는다. 특히 저녁 잠자리에 들기 전에는 꼭 샤워를 해야만 한다. 혹시라도 씻지 않고 자는 날에는 뭔가 잠자리가 불편해서 자다가 깬다. 그럴 때는 자다 말고라도 씻어야만 잠이 오기 때문에 아예 목욕을 하고 자는 편이 낫다. 어찌 나라고 귀찮지 않겠는가만 끈적거리는 것을 못 참을 뿐더러 따뜻한 물을 끼얹을 때 느끼는 야릇한 기분과 씻고 나서의 개운함은 그 귀찮음에 비할 바가 아니다.

어느 여름 소양으로 초등학교 동창모임 야유회를 갔었다.

날씨는 무더운데 씻지를 못하니 견딜 수가 없어 즐거움은커녕 머릿속엔 오직 씻고 싶은 생각뿐이었다. 나는 끈적거리면 금방이라도 숨이 막힐 듯 안절부절못한다. 빨리 집에 돌아와 샤워를 했으면 하는데 도중에 이사한 지 얼마 안 되는 남자 동창의 집에 집들이 겸하여 들러야만 했다.

에라, 모르겠다. 남의 집, 그것도 남자 동창의 집이면 어떠랴. 잠깐 화장실에 다녀오는 것처럼 하고 부리나케 물을 끼얹고 나왔다. 친구들이 그것을 알아차리고 박장대소는 말할 것도 없고 참말로 어처구니없어 했다. 그렇건 말건, 어쨌든 몸이 가뿐해서 살 것 같았다. 설마 엉뚱한 소문이야 나랴 싶기도 했지만, 그 뒤 그것이 우스갯거리가 되어 친구들이 모이면 남자친구 집에서 샤워를 한 여자라고 가끔 놀림을 받는다.

영국의 엘리자베스 1세는 여왕인데도 한 달에 한 번꼴로 목욕을 했다 한다. 목욕을 하면 피부 땀샘이 열리고 그곳에 병균이 파고든다고 믿었기에, 오래 살고 싶으면 목욕하지 말라는 게 건강비결로 통했던 시대의 이야기다. 우리의 옛 어른들도 못 먹던 시절이라 자주 씻으면 기름기가 다 빠져나간다고 목욕을 꺼렸다. 또 아낙네뿐 아니라 남정네까지도 속살 내보이는 것을 경계하여 알몸은 고사하고 팔이나 종아리를 내보이는 것조차 터부시했기에 기껏 조상의 제사를 모시거나 중요한 일이 있을 때 목욕재계하는 것이 전부였다. 그러니 목욕하는 일이란 지극히 엄숙한 행사이기도 했다. 만약 내가 그 시대에 살았더라면 나도 마찬가지로 지금처럼은 목욕을 자주 하지는 않았을 것이다.

어렸을 적 기억이 난다. 날씨가 추워지면 부엌에 볕드는 날을 잡아 두어 달에 한 번꼴이나 목욕을 했던 것 같다. 가마솥 아궁이에 청솔가지를 때 물이 절절 끓으면 어머니는 큰 고무 통 두 개를 마련해 놓고 뜨거운 물과 찬물을 섞어 아들들 먼저 씻기고 그 물에 딸들을 순서대로 씻겼다. 지금처럼 이태리타월이 있는 것도 아니어서 손으로 때를 밀어주면서 제 몸 하나 깨끗이 씻지 못한 것을 나무라며, 그렇지 않아도 살가죽이 아픈데 머리까지 쥐어박았다. 겨울 동안 두껍게 낀 손등, 팔꿈치, 무릎의 때는 손으로는 안 벗겨져 돌멩이로 박박 문질러 튼 살이 피가 나기도 했다. 다행히 솔가지를 땐 덕분에 아궁이에 불씨가 남아있어 그리 춥지는 않았지만 목욕하는 것이 보통 거역스러운 것이 아니었다. 그런데 언제부터인가 목욕하는 것이 습관이 되어버려 지금은 시도 때도 없이 집에서 씻으면서도 사흘이 멀다 하고 사우나에 드나든다.

목욕탕 여탕에는 고정적으로 거의 날마다 다니는 단골들이 있다. 대부분 자기 시간대에 오기 때문에 새벽반, 오전반, 오후반, 저녁반, 종일반으로 나누어진다. 목욕탕이 하나의 동네를 이루며 더러는 끈끈한 친분으로 소통의 장이 되기도 한다. 종일반은 시간이 원수라도 되는 듯 아침에 와서 온종일 있다가 저녁 밥할 무렵에야 간단다.

그네들은 오랜 세월 알몸으로 대하다 보니 허물이 없어 언니 동생하며 음료수나 맥주를 돌아가면서 내기도 한다. 밖에서 만나 밥을 먹기도 하고 때론 관광차를 대절해 야유회를 가기도 한단다. 그러니까 목욕탕의 개념이 때를 벗기는 곳에서 피로를 푸는 곳, 살을 빼는 곳, 또는 만남의 장소로 바뀐 것이다.

사우나실에 앉아 있으면 들을 거리, 볼거리가 참 많다. 옛 우물가에서처럼 멀고 가까운 온갖 이야기들을 다 들을 수 있다. 옛날 앵두나무 우물가가 동네 처녀 바람나서 물동이 호밋자루 다 던져버리고 단봇짐을 싸 서울로 달아나는 단서를 제공했던 소통의 장이었듯이 말이다.

요즘 여자들은 목욕탕에서도 물 만난 고기처럼 기가 아주 세다. 어떤 아낙들의 수다는 왁자지껄 낄낄 깔깔 장난이 아니고, 어떤 때는 떼 지어 떠들어대는 것이 꼭 싸우는 것 같기도 하다. 시장 속같이 시끄러워 거슬리지만 얼굴 붉히지 않으려면 참을 수밖에 별 도리가 없는 노릇이다. 나는 새벽반에 속하기에 보편적으로 소음의 시달림을 덜 받는 편이지만 때론 짜증이 날 때도 있다.

냉탕에 갔다가 다시 따뜻한 물에서 몸을 풀고 있는데 허리 굽은 할머니 한 분이 탕 안으로 들어오신다. 온몸에 자글자글 퍼져 있는 주름이 빨래판 주름 같다. 세월이 할머니한테 옮겨갔나 보다. 주름진 세월은 탱글탱글함과는 거리가 먼 듯 따뜻한 물에 오래 담가 봐도 세월을 지워내지 못한다. 탕 속의 물을 한없이 먹여도 피부는 촉촉할 줄 모르고 까칠하기만 하다. 탕 속에서 엉거주춤 구부정하게 나가는 할머니의 모습이 꼭 황새 같다.

가끔가다 모녀지간에 오는 사람도 있다. 어쩌면 그렇게도 닮은꼴인지 굳이 설명하지 않아도 모녀지간임을 금세 알 수 있다. 딸은 제법 매끈한데 엄마는 울퉁불퉁 심란하다. 엄마도 소싯적에는 지금의 딸의 모습이었겠지. 나무는 고목이 되어도 아름다운데 사람들은 늙어가면서 왜 그리도 보기 싫게 변하는지 모르겠다. 자연처럼 세월에 순응하지 못하는 인간의 욕망 때문에 더 추해지는 것은 아닐까. 중년이 넘은 아줌마들 대부분은 쳐지고 불거지고 흉측해 보일 정도다.

대중목욕탕은 여자의 나신을 제일 많이 접할 수 있는 곳이다. 남자는 근육으로 몸을 말하고 여자는 각선미로 몸을 말하는 것인가. 어느 날 나를 사로잡는 한 여인을 만났다. 나는 사우나를 하는 동안 나도 모르게 넋을 놓고 내내 그녀를 바라보았다. 황홀했다. 어쩌면 신은 그렇게도 아름답게 인간을 빚어낼 수 있을까. 몸매가 소위 말하는 황금분할로 이루어진 팔등신이었다. 사람이 이렇게까지 예쁠 수도 있구나 싶었다.

아름다운 몸매로 신의 마음마저 녹일 것 같았던 그리스의 창녀, 아프로디테의 신상을 만들 때 모델이 되었다는 프리네도 저 여인처럼 매혹적이진 않았을 것이라는 생각이 들었다. 여인의 몸 곳곳이 다양한 악기가 되어 여기저기에서 화음이 터져나와 오케스트라의 멋진 음악이 연주될 것 같은 신비한 몸이었다. 그래서 누드 작품의 85퍼센트는 여자라 하나 보다. 누드는 무대의상과도 같아 구경거리가 깊다.

그렇지만 뭐니 뭐니 해도 가장 아름다운 여체는 목욕탕에서 어쩌다 만나는 만삭이 된 임산부의 몸이 아닌가 싶다. 팽팽하게 볼록 나온 배는 살이 쪄서 나오는 배하고는 비교할 수가 없다. 부끄러운 듯 한쪽 구석으로 몸을 숨기려 하지만 이는 생명이 담긴 작은 우주의 눈부심이다.

목욕탕은 힘들지 않아도 여러 온도의 물이 탕 안에 넘치도록 있어서 좋고, 시원하게 땀을 뺄 수 있는 사우나실이 있는 것도 좋다. 사람들의 모습이나 행동 하나하나를 관찰하는 재미 또한 흥미롭고, 가끔가다 아름다운 여체나 존귀함의 인격체를 만나는 것도 묘미 중의 하나다. 같은 여성일망정 나도 모르게 파파라치가 되는 경우가 더러 있었음을 이 글을 통해 고백하지 않을 수 없다.

글을 쓴답시고 몇 시간을 컴퓨터에 앉아 있었더니 몸이 나른하다. 목욕탕에나 다녀와야 되겠다.

소싸움

자고로 구경 중에서 으뜸은 싸움 구경이라 했다. 싸움이 격하여 용을 쓸수록 인간들은 열광하며 신나 한다. 그 중에서도 소싸움은 우리가 쉽게 접하지 못하는 볼거리 중의 하나로 사람이 벌이는 권투나 레슬링에서 느끼는 그것과는 또 다른 묘미가 있다. 우연히 봉동과 고산에서 열리는 소싸움을 몇 번 관전하게 되었는데 1 톤에 가까운 육중한 몸으로 사투를 벌이는 소싸움은 그 어떤 격투보다 재미가 있었다.

소싸움대회를 민속놀이라 하여 농악놀이와 국악공연을 접목시켜 북치고 장구치고 제법 떠들썩하게 하지만 짐승의 싸움을 통해 인간 내면에 몰래 숨겨진 파괴본능을 으멍스럽게 해소시키는 행위와 다름 아니다. 욕구의 희생양으로 소를 택하여 억지로 싸움을 붙여놓고 사람들은 축제라고 즐긴다. 얼룩빼기 황소가 언덕바지에서 어린 송아지와 풀을 뜯는 여유로운 낭만보다는 피 터지는 혈투가 더 성에 차는 현대인들의 삭막한 정서가 씁쓸하지만 나 역시 이를 즐기는 그런 부류의 하나이다.

경기 중에 불러지는 소들의 이름이 재미있다. 힘이 좋다고 '탱크', 단박에 휩쓸어 버리는 '폭풍', 행운의 '럭키', 호랑이처럼 무서운 '범이', 이겨서 복을 주라는 '복 달라' 등등 소박한 이름들이 제법 그럴듯하다. 전국 싸움소 가운데 키가 제일 큰 '꺽쇠'는 짧은 시간에 상대를 굴복시키는 기술이 엄청 좋다 하여 붙여진 이름이란다. 나름의 특징으로 힘을 발휘하며 잘 싸우지만 더욱 강열한 싸움을 유도하기 위해 경기 전에 더러는 소주를 먹이기도 하는 모양이다. 싸움소는 적당히 술에 취해 광기를 부리는 짓도 해야 사람들한테 인기가 있다니 소싸움을 관전하는 한 사람으로서 미안했다.

언뜻 보기에는 소들이 무대포로 싸우는 것 같지만 훈련을 통해 연마한 기술을 발휘해 밀치기를 한다든가, 뿔을 걸어 누르면서 머리나 목 그리고 배 등을 쳐서 상대방을 제압한다. 생오줌과 똥을 누면서까지 끝까지 버티며 싸우다 아닌 것 같으면 미련 없이 출구로 나가버린다. 발로 상대를 한방 매겨버릴 법도 한데 철저히 규칙에 따라 머리와 뿔로만 싸우는 것이 신통하기만 하다. 싸움소의 이런 명쾌한 행동은 어지간한 사람보다 나은 멋진 페어플레이 정신이다. 소의 강한 자존심이 느껴졌다.

소싸움은 시간제한을 두지 않아 경기가 언제 끝날지 예측할 수가 없다. 짧게는 아예 덤비지 않아 무승부로 끝나는 경우부터 3시간 이상 싸움에 승부를 거는 경우도 있다. 황소고집이라 하더니 지구력과 승부근성이 대단하다.

소싸움을 지켜보면서 뿔치기 뒤에 머리치기로 연타를 칠 때는 소가 불쌍해 가슴을 조이면서도 어느새 아슬아슬한 스릴을 즐기고 있는 나의 이중성에 헛웃음이 나왔다. 싸우다 지쳐 혀를 빼물고 거품을 내뿜으면서도 그 커다랗고 순한 눈에 살기를 띠고 서로 겨눈다. 신화에 나오는 목신이 이 자리에 온다면 크게 진노하여 지금 한창 소싸움을 즐기고 있는 무리들의 꿈에 나타나 패닉panic 상태로 몰아넣을 것만 같다. 소의 영혼이 나를 빤히 지켜볼 수도 있겠다 싶으니 살짝 겁이 나기도 한다.

나는 분명 소의 속울음소리를 들을 수 있었다. 무엇 때문에 저 소들은 사람들이 시키는 대로 싸울까. 싸우다 보니 승부근성이 작동하여 스스로도 싸움을 즐기고 있는 것일까. 인간들이 철저히 훈련을 시키어 자기도 모르게 기계적으로 도감의 지시에 따라 로봇처럼 되어버린 것은 아닌지.

소싸움은 상대가 포기할 때까지 계속된다. 어느 한쪽이 꽁지를 빼고 도망가야 승부가 난다. 치열한 싸움이다. 얄팍한 내 생각으로는 하등 그렇게까지 혼신을 쏟을 필요는 없을 것 같은데 우직한 소는 주인을 위한 사명감이라도 있는 것인지 착한 몸종처럼 사력을 다한다. 그도 그럴 것이 이기기만 하면 주인장에게 몇천만 원의 상금을 안겨주는 효자 노릇을 하니 주인 역시 소를 신줏단지 모시듯 최선을 다해 돌볼 것이다. 소들이 그런 사실을 알고나 있는 것일까?

스페인에 투우가 있다면 우리나라에는 소싸움이 있다. 원래 소싸움은 황소들이 암소를 차지하기 위하여 벌였던 싸움에서 유래했단다. 그렇게 여럿이 한곳에서 모여 풀을 뜯다가 서로 머리를 맞대고 힘을 겨루게 되자 소의 주인도 자기의 소가 이기도록 응원하던 단순하고 순수한 것이 발전하여 전국적인 대회로 발전했다.

그리하여 너무 쉽게 승패가 갈리는 것을 막기 위해 체급별로 갑, 을, 병으로 나누고 기량에 따라 다시 세 등급으로 세분화한다. 실력이 비슷한 소끼리 경기를 해야만 재미와 박진감을 높일 수 있어 안배한 것이다. 등치 큰 사람이 춤을 추거나 경기를 하면 몸의 움직임이 더 커 구성지고 멋져보이듯이 소싸움은 작은 소보다는 큰 소들한테 훨씬 스릴을 느낄 수 있었다.

보편적으로 비육우로 키우는 황소는 거세하기 마련이지만 싸움소는 거세하지 않고 자질구레하게 일도 시키지 않으며 태어난 본 모습 그대로 고고하게 키운다. 그러니 살집만 키우다가 2년 남짓 짧은 생을 마감하고 사람의 먹이가 되는 육우보다 싸움소가 진짜 소답게 제대로 사는 것이지 싶다. 치열하게 훈련받고 사람들이 환호하는 경기를 펼치면서 목숨을 몇 배로 연장하며 굵고 길게 사는 싸움소가 진짜 멋진 사나이가 아닐까.

그런데 한 가지 교훈처럼 얻어진 것은 소싸움에서 힘도 힘이지만 같은 조건이라면 머리를 낮출수록 그 소가 힘을 발휘하여 이긴다는 역설이다. 사람도 자기 잘났다고 거들먹거리다간 큰코다친다. 벼가 익을수록 고개를 숙이듯이 스스로 낮추면 오히려 더 높아질 수 있다는 흔한 진리를 나는 소싸움을 통해 소처럼 되새김질한다.

청타기

내게는 당장에 필요하지 않다고 생
각되는 것들을 없애는 버릇이 있다. 버리고 나면 정리정돈이
된 것 같아 개운하지만 버린 것을 후회할 때가 더러 있다.
그 중 하나가 청타기다.

얼마 전, 청주 고인쇄박물관에 갔을 때다. 인쇄의 역사를
한눈에 볼 수 있는 전시실에 내가 오랜 세월 동안 부려먹고
고물장수에게 주어버린 것과 똑같은 청타기가 전시되어 있
었다. 컴퓨터가 막 보급되던 80년대 중반에 쓰레기로 처리를
하고 나서 한 번도 떠올리지 않은 타자기다. 그 바보 같은
짓이라니. 청타기를 보는 순간 가슴을 치는 후회가 밀려왔
다. 아무리 거치적거려도 보관해 둘 걸. 오랫동안 나와 함께

살아온 내 삶의 애환이 깃들어 있는 추억의 물건이었는데, 참으로 아쉽고, 그립고, 아까웠다.

그때에는 집이 비좁아서이기도 했지만 내 이삼십대 청춘을 바쳤다고 해도 과언이 아닐 정도로 타자치는 데 매달려 살았던 게 지겨워 미련 없이 치워버렸다. 결혼 전에는 직장이 아예 출판사였고, 결혼 후 근 10년은 집에서 하청을 받아 억척스럽게도 일을 했다. 1년 중 몇 달을 빼놓고는 시장 가는 시간이 아쉬울 정도로 독촉전화에 시달리며 골방에서 날밤을 샜다. 바쁜 만큼 수입도 짭짤름했기에 욕심을 부려 무리를 했을 게다. 늘 어깨에 파스를 붙이고 살았으니까.

청타기는 일본에서 도입된 기계로 한글, 한자, 알파벳, 가나 등을 칠 수가 있었다. 자음과 모음을 합쳐 손가락으로 글자를 만들어내는 타이핑과는 달리 자판에 만들어진 글자가 들어 있어 어떤 글자가 어느 곳에 있는지를 외워서 한 자 한 자 치는 기계다. 한자는 원판에 3천 자 정도 들어 있었다. 그 외에 많이 쓰이는 순서대로 예비1, 2, 저장1, 2, 그 다음에 스페어spare가 있는데 원판 이외의 글자는 하나하나 뽑아 원판의 빈 공간에 끼워서 타자를 쳐야 하기 때문에 한자가 많은 원고는 한글보다 시간이 더 많이 소요되었다. 그러니까 청타는 약 1만 자 정도의 글자 위치를 외워야 하는 작업으로 숙달되기까지는 꽤나 긴 시간이 필요했다.

어려운 한자가 많기로는 의사회의 책자와 문중의 족보가

아니었는가 한다. 잘 사용하지 않는 한자들이 대부분이라 기본판 이외의 판에서 뽑아다 쳐야 하니까 시간은 많이 걸리는데 보수는 거기에 상응하지 않아 제일 꺼리는 일감이었다. 반면에 쉬우면서도 돈이 수더분한 것은 연말연초에 하는 관공서의 예·결산서였다. 보통일의 세 배 정도의 수입이기에 날밤을 세워도 피곤을 모르고 재미가 있었다.

컴퓨터 워드에는 수없이 많은 크기와 글씨체가 있고 기교도 마음껏 부릴 수 있지만 청타는 만들어진 것 외에는 달리 활용할 방법이 없다. 글자 크기는 7, 9, 10, 12, 14호 다섯 가지뿐이었고 글씨체도 명조, 신명조, 고딕, 셋째고딕밖에 없었다. 좌판에 없는 글씨체나 큰 글씨는 활판을 이용해야 했다. 표 그리기는 가늘게 자른 종이를 필요한 만큼 등분하여 그것을 접어서 자처럼 이용했다. 지금의 엑셀 같은 자동시스템은 상상도 할 수 없는 재래식 수작업이었다. 오랜 세월 동안 하다 보니 나중에는 눈짐작으로 칸을 만들어도 자로 잰 듯 오차가 없을 정도가 됐다. 그 덕에 손대중, 눈대중이 생겨 과일을 살 때나, 눈금의 치수를 잴 때에 어림짐작으로 해도 잘 맞아떨어졌다. 그런데 세월이 거듭될수록 용불용이 적용되어 나의 정교한 감각이 흐트러지기 시작해 지금은 눈대중이 그리 잘 통하지 않는다.

참으로 많은 일들을 억척스럽게 해냈다. 도·시·군청의 회의서류, 예·결산서, 공문서, 각종 시험지, 교육계획서, 학교 교지, 교회 주보, 비밀문서, 의사회, 족보, 논문, 단체모임의 회칙, 수첩 등등……. 관공서의 어떤 직원들은 한글로 된 원고를 한자로 타이핑해 달라는 부탁을 하기도 했다. 한자 '가'자만 해도 몇십 개에 달하기에 어디에 어떤 '가'자를 써야 하는지를 알아야 한다. 옳을 '可'를 써야 하는데 거짓 '假'를 쓰게 되면 완전 뜻이 바뀌게 된다. 어쩌다 정자 외에 약자略字, 속자俗字도 함께 쓰는 경우도 있었다. 의뢰인들은 어린 여자가 한자를 척척 알아서 해주니 선물을 사다주기도 하고, 신기한 듯 지켜보기도 했다.

당시에는 왜 그리도 한자를 즐겨 썼는지. 고유명사는 무조건 한자였고 원고 대부분, 그러니까 한 70% 이상이 한자였던 것 같다. 한자를 얼마나 아냐 모르냐에 따라 유·무식을 가릴 정도로 한자가 성행했던 시대였다. 그때의 실력을 꾸준히 유지했더라면 지금쯤 한자 정도가 아니라 한문 실력이 상당했을 것인데, 이젠 아! 옛날이 되었다.

지금도 마찬가지겠지만 출판계는 겨울철이면 정신없이 바쁘다. 겨울 몇 달에 일 년치 일감의 대부분이 밀려오기 때문에 매일 야근 아니면 철야까지도 했다. 야식으로 라면을 끓여주기도 하고, 흔하지 않던 제과점 빵도 자주 먹을 수 있었다. 야근을 할 때 단골로 다니던 식당이 번창해 지금도 전동에서 대물림하여 영업을 하고 있다. 사장님이 챙겨줬던 넓게 눌린 누룽지가 일품이었다.

하지만 여름철에는 제법 노는 시간이 있었다. 아무리 일이 없어도 근무시간이라 사장 눈치를 봐야 했지만 때론 사무실 직원들이랑 남부시장에 가서 시장 구경도 하고 길거리에 쪼그리고 앉아 배를 사서 깎아먹기도 했던 기억들이 어제의 일처럼 생생하다. 그때는 어쩔 수 없는 생업이라 생각되어 느끼지 못했는데, 지금 돌이켜보니 제법 낭만이 있었던 직장생활이었다.

숙련공이 된 이후부터는 내게 국가 2급 비밀문서를 다룰 수 있는 자격증이 주어졌다. 전쟁이 일어났을 경우에 국가기관들은 어떤 조치를 취하고 전주 시민들이 피할 대피소는 어디에 있으며, 어떻게 대피해야 하는가 등의 군사비밀이 그 내용들이었다. 사무실에는 가끔가다 경찰이 순찰하는 경우도 있어 함부로 잡담도 못했다. 더러는 국가고시 출제시험지 타이핑을 위해 외부와 차단된 여관에 타자기를 옮겨 놓고 일을 한 적도 있었다. 그런 때는 후한 대접을 받으면서 지내다가 시험 보는 당일에서야 집에 갈 수 있었다.

청타는 필경사가 등사원지에 철필로 쓰는 등사판에 비하면 한참 앞선 인쇄술이다. 사람이 손으로 직접 써야 하는 등사는 시간도 많이 걸리고 아무리 잘 써도 깔끔하지 못하다. 이에 반하여 청타는 제법 속도를 낼 수 있고 인쇄를 해 놓으면 지금 컴퓨터 글씨에 가깝게 아주 깔끔했다. 그러니까 청타기는 수공으로 하는 등사판과 첨단의 컴퓨터 중간 정도 되는 '디지로그'라고 하면 될 것 같다.

　까마득히 잊고 살았던 그 시절을 회억하다 보니 같이 일했던 이들이 떠오른다. 그때는 호칭을 촌스럽게도 성씨에 '양' 자를 붙여 박 양, 이 양, 정 양, 이런 식으로 불렀다. 광주가 고향이던 조 양은 우리 가운데 왕언니로 피부가 하얗고 예뻤다. 40이 넘어 노처녀 히스테리가 만만치 않아 우리는 눈치를 살펴야만 했다. 지금쯤 상할머니 아니면 이 세상 사람이 아닐 수도 있겠다. 또 해남에서 온 똑소리 나는 박 양 언니는 시집가면서 그만두었는데 어떻게 살고 있는지. 아무리 연습해도 노래가 안 되고 음이 플랫되어 나오는 곽 양 언니도 궁금해지고 출판사에서 만나 루게릭병으로 세상을 떠나기 전까지 친형제처럼 함께했던 박 양 언니도, 사내 커플로 결혼까지 한 정 양, 나보다 어렸던 서 양, 이 양, 김 양 등 떠오르는 얼굴 모두가 그립다. 오랜 세월 동안 저장해 두었던 빛바랜 흑백사진을 꺼내보는 듯 묘한 기분이 든다.

　고마움을 느끼면서도 귀찮고 싫었던 중학교 때 유영근이란 친구가 생각난다. 40년이 더 지난 지금에도 가끔씩 생각나 동창들에게 소식을 묻지만 아무도 모른다. 얼굴이 넓고, 여드름이 많이 솟아 있었고, 조금 남자처럼 생겼고, 공부를 제법 잘했던 친구였는데 왜 그리도 역겨웠는지 모른다. 아마도 나한테 알 수 없을 정도로 잘해주니까 징그럽고 질렸지 않나 싶다. 1학년, 3학년 때 두 번이나 같은 반을 해서 피할 수도 없는데 그 애만 보면 무슨 혐오스런 물건을 보듯 슬슬 피해 다녔다. 청타기는 내게 그 친구와 같은 것이 아니었나 싶다. 한없이 고마운데 그걸 깨닫지 못하고 지금에서야 찾고 싶은 그런 것. 아 그립다.

새벽을 여는 신문

현관문을 연다. 알싸한 새벽 공기
와 함께 입덧 났을 때 매스꺼움을 달래주었던 신문 냄새가
코끝을 자극한다. 신문은 아침을 여는 나의 창문이다. 손님
을 맞이하듯 신문을 집에 들인다. 적당히 기름 냄새 밴 신문
향이 좋다.

나의 신문 사랑은 막 한자를 배우기 시작한 초등학교 4학
년 때부터가 아닌가 싶다. 적당한 교재가 없어 학교에서 배
운 한자를 복습하기가 마땅찮던 시절, 신문에서 한자가 섞여
있는 글을 한 자 한 자 떠듬떠듬 읽어가는 재미는 마냥 신통
하기만 했다. 그 덕에 한자를 쉽게 배울 수 있었고, 한자에
흥미를 느껴 나중에는 한문을 타자로 치는 직업으로까지 연

결되었다. 그렇지만 그때는 기사의 내용을 알기 위해서라기보다 순전히 한자를 읽기 위해 건성으로 신문을 읽었다.

그랬던 것이 글을 쓰기 시작하면서부터는 지식과 정보의 허기虛氣를 채우기 위한 수단으로 책보다 신문을 더 정독하며 맛을 들이기 시작했다. 안중근 의사가 〈추구推句〉를 인용해 '하루라도 글을 읽지 않으면 입에 가시가 돋는다.'고 했듯이 나도 습관이 되어 지금은 매일 신문을 읽지 않으면 뭔가 큰 것을 놓쳐버린 것만 같다. 이제는 신문 읽는 그 쏠쏠한 재미에 빠져 있다. 아침마다 행복한 밥상을 받듯 날마다 신문을 통해 정신의 밥을 먹는다. 신문을 읽고 나면 포만감에 기분 좋게 하루가 시작된다. 신문 없는 일요일은 허전하여 습관적으로 현관문을 열어보기도 하고 지난 신문을 뒤적거리기도 한다.

책 한 권 값 정도로 날마다 새로운 내용들을 지루하지 않게 받아보는 게 신문의 매력이지 싶다. 신문은 세상의 흐름, 사람들의 관심사, 건강, 상식, 철학, 문학, 스포츠, 정치 등등 정보와 지식의 바다다. 신문에 두툼하게 끼어오는 전단지는 공해일 수도 있지만 유익하게 이용하면 알뜰살림을 하는 데 보탬이 되기도 한다. 그날의 운세는 심심풀이로 먹는 간식과도 같아 지나치지 않는다. 내용에 따라 다르지만 어느 때는 신문을 읽는 데 많게는 두어 시간 이상이 소요될 때도 있으니 꽤 많은 시간을 할애하는 편이다.

나의 관심 분야가 아닌 정치·스포츠는 큰 타이틀만으로도 세상의 흐름을 어느 정도는 가늠할 수가 있어 가볍게 넘어가고, 사설이나 사회 문제, 문학과 철학 분야는 학생들이 공부하듯이 꼼꼼하게 읽는 편이다. 그러면서 때론 나의 영감을 자극하는 글을 만나 가슴속 밑바닥에 숨죽이고 있던 뜨거운 그 무엇들과 스파크가 이루어져 글의 소재가 되기도 한다.

생소한 낱말이나 알쏭달쏭한 단어가 나오면 사전이나 인터넷에서 찾아 더러는 공책에 메모를 한다. 버리기가 아깝고 기념이 될 만한 글과 사진들은 스크랩도 한다. 그러면 엑기스만 모아놓은 한 권의 책이 되는데 가끔가다 필요할 때 다시 보면 뭐 보물이라도 간직한 양 뿌듯해진다. 오늘은 선글라스와 모자를 쓰고 시카고의 한 체육관에서 운동을 마치고 걸어 나오는 미국대통령 당선인 버락 오바마의 사진이 멋져 보여 스크랩했다.

인생의 교과서처럼 함께 호흡하는 신문. 아침 시간에 미처 읽지 못했는데 외출할 일이 생기면 나는 신문을 가지고 나간다. 차 속에서라도 적당한 기회를 봐서 될 수 있으면 그날 신문은 그날 읽는다. 신문 읽는 것이 마치 하루의 숙제 같다. 읽으면서 우리 집 아이들이나 주변 사람에게 알아두면 좋을 것은 오려서 전해주기도 하고, 같이 이야기를 나누며 공유하다 보니 그 내용을 반복학습하게 되어 더 깊게 내 것이 된다.

신문은 알아 두면 요긴한 정보들을 다양하게 담고 있어 내가 알지 못하는 세상을 가르쳐 준다. 텔레비전이나 라디오 또는 인터넷을 통하여 아는 것보다는 종이를 통해 글로 접하는 것이 훨씬 내 것으로 만들기에 효과적이다. 그냥 흘려보내고 말 소중한 것들을 자료로 남겨 소상하게 알 수 있어 좋다. 신문을 습관처럼 읽다 보니 나는 신문에서 배우는 학생이 된다. 덕분에 젊은이들이 흔히 쓰는 그루밍족이니 배터리족이니, 체리피커니, 초식남이니, 알파걸, 파파쿼터제도, 월급루팡, 삼포세대, 플레시 몹 등등의 신종 유행어들을 더러 알게 되었다.

그렇지만 부정적인 측면이 없는 것은 아니다. 신문을 읽는 데도 안목이 있어야 할 것 같다. 정보의 오류나 편파적인 기사도 많아 무조건 받아들인다면 잘못된 사고와 지식을 갖는 경우가 생길지도 모른다. 똑같은 내용의 기사도 신문사의 성향과 논조에 따라 부정과 긍정으로 극과 극이 되기도 한다. 특히 정치적인 문제는 그것이 심하게 나타남을 볼 수 있다. 광고 같은 것도 액면 그대로 믿어서는 낭패가 되는 일도 허다하다. 자기 관점에서 재해석해서 알곡을 거두어들인다면 그 어떤 명저 못지않게 훌륭한 길라잡이가 되는 것이 신문이 아닐까 생각된다.

새벽 손님을 맞이하는 양 나는 오늘도 어김없이 현관문을 연다.

음식 이야기

먼저 침부터 꼴깍 삼키고 이야기를
해야겠다. 세상에서 먹고 싶은 것 맛있게 먹는 것보다 더 행
복한 일이 또 어디 있을까. 거기에 사랑하는 사람들과 함께
라면 금상첨화겠지. '믹서기'라고 별명이 붙을 만큼 워낙 먹
는 것을 좋아하는 먹쇠이다 보니 자연히 음식 만드는 것에도
관심이 있다. 그래봤자 내가 하는 음식은 요리라고 할 것도
없는 시골에서 자랄 때 먹었던 거의 촌것들이지만, 지금은
그게 몸에 좋은 참살이라고 너도나도 그쪽을 선호하고 있으
니 자연스레 촌스러움은 면한 격이다.

어떤 성향이나 능력은 태어날 때부터 잠재적으로 조금은
주어지는 것 같다. 자라면서 일하기를 싫어해 큰언니한테 어

지간히도 꼬집히며 혼났었는데 음식 만드는 것만은 좋아했다. 다른 일은 안 하면서 가끔가다 부엌에 들어가 뭘 하나씩 생뚱맞게 만들어내면 아버지는 '우리 막내는 시집가면 음식을 참 잘해 먹을 것이다.'라며 칭찬을 해주시어 언니한테는 더욱 얄미운 동생이 되었다.

눈썰미가 있었던지 어머니와 언니들이 하는 음식을 나는 쉽게 따라했다. 밀가루에 이스트를 넣고 아랫목에 부풀 때까지 놓았다가 둥그렇고 큰 양은 쟁반에 부어 완두콩이나 강낭콩을 숭숭 뿌려 가마솥에 푹 찌면 뽀송뽀송 부풀어 쟁반같이 둥근 빵이 만들어졌다. 그 빵을 모양을 낸답시고 마름모꼴로 자르기도 하고 어느 땐 삼각형, 어느 땐 사각형으로 잘라 푸짐하게 내놓았다. 호박이나 고구마는 뚝뚝 썰어 녹말가루를 입혀 기름에 튀겨내서 끓인 물엿에다 한 번 뒹굴쳐 통깨를 슬슬 뿌리면 고소하면서도 바삭바삭하고 달콤한 맛탕이 만들어졌다. 또 밀가루 반죽을 슬렁슬렁해 비닐에 잠깐 싸놓았다가 방망이로 늘려 둘둘 말아 뚝뚝 썰어서는 만들어 놓은 팥물에 끓이면 신통하게도 팥 칼국수가 되었다. 어려서부터 요리하기를 좋아해서인지 지금도 청소나 설거지는 귀찮게 여기면서 음식은 그런대로 재미있게 만든다.

그렇다고 내가 아무렇게나 얼렁뚱땅 상을 차려 내는 것은 아니다. 주부들은 끼니때마다 반찬거리 준비 때문에 고민한다. 별다른 생각 없이 상이 차려지는 것 같지만 메뉴 선택에 머리를 짜내고 나서도 많은 손질을 거쳐 음식이 만들어진다. 밥과 국만으로도 식사는 성립되지만 어디 반찬 없이 누가 밥을 먹으려고나 하겠는가.

그런데 그 음식의 종류가 어디 한두 가지인가. 오죽해야 레비스트로스가 음식의 구조로 문화를 논하는 요리 삼각도를 제시했을까. 인간은 처음부터 음식이란 것을 만들어 먹진 않았다. 원래 자연 상태인 날것, 썩힌 것을 먹기 시작하다가 점차 문명이 발달하면서 불을 이용해 익혀 먹는 여러 방법들이 개발되었다. 이 요리 삼각도의 꼭짓점에는 날것, 썩은 것, 익힌 것이 자리하고 그것들이 다양한 요리들로 갈라진다. 익힌 것은 날것의 문화적인 변형이고 썩힌 것은 날것의 자연적인 변형이다. 이 기본 삼각도의 배면에는 가공과 가공하지 않은 것이 대립이 되듯 익힌 것과 날것은 문화와 자연의 대립이 있다.

문화 쪽의 익힌 것은 또 구운 것과 끓인 것 두 가지 양태로 나눌 수 있다. 구운 것은 불에 직접 노출시키는 데 비해(자연) 끓이는 것은 물과 용기가 요구된다(문화). 또 익힌 것은 물을 매개로 한 끓인 것(문화)과 공기를 매개로 한 그을린 것(자연)의 구조로 나눌 수도 있다. 그 밖에 말린 것(오징어), 익혔다가 말린 것(육포) 등 또 얼마나 많은 음식이 있는가. 문화와 자연의 충돌에서 음식의 레시피recipe는 끊임없이 발달되니 음식을 만드는 방법 또한 무궁무진하다. 주부는 갖은 재료를 다양한 방법으로 저만의 손맛을 부리어 온갖 음식을 장만하여 식구랑 또 누구랑을 먹이는 것이다.

다듬어 손질하여 씻고 깎고 찧고 다지고 으깨고 갈고 저미고 썰고 비비고 재우기를 하는가 하면 때론 말리고 겉절이고 절이고 곰삭히고 썩히고 곯리고 발효시켜 숙성의 과정을 거치기도 하고, 또 섞고 치대고 끼얹고 무치고 뒤집고 담그고 버무리며 찌고 삶고 데치고 굽고 튀기고 고고 달이고 끓이고 조리고 지지고 볶고 우리고 덖는 방법 등이 동원되어 요리를 한다.

음식을 하는 데 있어서 삭힌 것이나 생것 그대로를 사용하기도 하지만 익히는 게 일반적이다. 익히는 것 중에서도 삶는 것은 오래 익히는 것이고, 데치는 것은 끓는 소금물에 잠깐 넣었다가 찬물에 헹궈주는 것을 말함이고 찌는 것은 훈김으로 익히는 방법이다. 그리고 끓이는 것은 삶는 것과 비슷하지만 다르다.

이렇듯 어떤 형식을 거치느냐에 따라 똑같은 재료를 가지고 다른 음식이 탄생되기도 하고 어떤 재료를 첨가하느냐에 따라 전혀 엉뚱한 메뉴의 음식이 만들어지기도 한다. 그러니까 고정된 답이 없고 식성에 맞게 무한 변신이 가능한 게 음식이지 싶다.

그리고 만들어진 음식은 먼저 포괄적으로 맛있다 맛없다로 표현된다. 거기에 짜다 짭조름하다 싱겁다 간이 맞다 쓰다 씁

쓰름하다 달다 달콤하다 달부대대하다 맵다 매콤하다 얼큰하다 시다 새콤하다 시큼하다 떫다 화하다 비리다 비릿하다 비적지근하다 맹탕이다 시원하다 부드럽다 감칠맛 난다 향긋하다 고소하다 깊다 맛이 가다 등등 세부적으로 맛을 말한다.

이러한 별미를 음미하고 싶어 일부러 맛집을 찾는다든가, 인간관계를 맺다 보면 밖에서 식사를 하는 경우가 더러 있다. 그런데 가짓수만 많지 입에 넣을 것이 없어 식사비가 아깝다는 생각이 들 때도 있다. 소위 음식을 해서 밥을 먹고 사는 사람들이니 한두 가지라도 제대로 먹을 수 있는 맛깔스런 음식을 내놓으면 좋을 텐데 하는 아쉬운 마음으로 대충 먹고 나온다. 그럴 땐 집 밥이 생각난다.

며칠 전 서울 인사동 한 음식점에서 지인으로부터 사찰음식을 대접받을 기회가 주어졌다. 막연하게 알았던 사찰음식을 직접 시식하게 된다니 음식이 나오기 전까지 마음이 달뜨고 설렜다. 호기심을 갖고 음식 나오기를 기다렸는데 정갈하게 나오는 코스음식은 손이 많이 가 모양새만 다를 뿐 거의 전부가 평소 내가 즐겨서 해 먹는 음식들이었다. 그런데 중요한 것은 1인당 식사비가 무려 57,000원이나 된다는 것이다. 일상적으로 먹고사는 내 밥상이 그렇게 고가가 되는 줄은 몰랐다. 나는 굉장히 고급스런 식사를 매끼 하고 있는 셈이다. 내가 즐기면서 손수 해먹는 음식이 만만치 않은 가격에 해당된다니 새로운 사실이고 식생활에 자부심을 가져도 될 만하다는 생각이 들었다.

얼굴 예쁜 것은 석 달이지만 음식솜씨 좋은 마누라랑 사는 사람은 평생이 행복하다 했는데 우리 남편은 어땠는지 모르겠지만 사람들은 주먹구구식으로 설렁설렁 만들어도 손맛이 있다 하며 맛있게들 먹어준다. 말이 좋아 손맛이지 어릴 적 고향 음식의 바로 그 시골 맛이다. 손대중, 눈대중으로 대충 해도 일일이 가늠한 것처럼 농도가 맞춰지고 감칠맛 있게 음식이 만들어지는 것을 보면 아닌 게 아니라 내가 타고난 요령과 또 다른 손맛이 있긴 있는가 보다.

그런데 손맛도 중요하지만 맛을 내는 데는 무엇보다도 재료가 첫째이다. 좋은 재료로 맛없는 요리를 할 수는 있지만 나쁜 재료로 맛있는 요리를 하기는 힘들다. 설마인 것 같아도 실제가 그렇다는 것을 음식을 하면서 경험한다. 가장 좋은 요리는 가장 좋은 식재료 본연의 맛에서 좌우되기 때문에 깨끗하고 건강한 재료가 준비되면 일단 요리의 반절은 성공한 것으로 봐도 된다.

우리는 배가 고파서, 끼니가 되어서, 입이 즐거워서, 건강을 위해서 수없이 많은 것들을 먹고 산다. 자유자재로 호사스럽게 먹는 것을 즐길 수 있는 것은 만물의 영장인 사람만이 한다. 우리 인간들이 갖은 음식을 먹으며 살고 있는 섯만으로도 하늘의 축복을 온전히 받은 것이다. 먹음은 수많은 동식물의 생명을 우리 몸 안에 넣고 지니는 행위이다. 그러니 그냥 채워 넣는 요식행위가 아니라 정말 감사히 먹고 모든 음식을 소중히 여기는 마음을 가져야만 되겠다.

먹는 것은 어쨌거나 즐거운 일이다. 나는 밥상을 받으면 무조건 행복해지고 빨리 먹고 싶은 마음에 체통머리 없이 다른 사람이 수저를 들기도 전에 눈치껏 음식들을 지번거린다. 사각사각 바삭바삭 말랑말랑 쫄깃쫄깃 단어들을 떠올리는 것만으로도 식욕이 돋아 목구멍에서 당그래질하지 않는가.

서울로 간 파리

어느 날 아들 녀석과 함께 서울에
가게 되었다. 집에서 출발할 때만 해도 파리가 동승했는지
전혀 몰랐는데 천안쯤에서 파리가 멀미를 했는지, 자꾸만 낯
선 곳으로 가는 것이 불안했는지 갑자기 윙윙 소리를 내며
오락가락하기 시작했다. 파리가 우리와 함께 있음을 그때서
야 알았다.

그 전날 임실에서 젖소를 키우는 친구 집에 놀러 갔다. 짐
승이 많아서 그린지 파리 떼가 여기저기서 윙윙거리고 있었
다. 요즈음 도시에서는 파리 구경하기가 힘들지만 시골이라
그러려니 하고 지나쳤는데 그 파리가 차 속에 몰래 숨어들었
나 보다. 특별히 차 문을 열어놓은 것도 아닌데 사람이 내리

고 타면서 파리도 같이 탄 모양이다. 그것도 차라리 여러 마리라면 모르겠는데 단 한 마리라서 여간 신경 쓰이는 게 아니었다.

전날 오후에 승차했을 것이니 아마도 근 하루를 굶었을 것이다. 가는 도중 멀미도, 불안도 다 그만두고 배가 고파서 그런지 '나 여기 있소.' 하고 계속 자기의 존재를 알린다. 윙윙거리는 소리가 갈수록 잦아지는 것으로 봐서는 어쩌다가 차에 타 혈혈단신 고향을 등진 것을 후회하고 있는 듯했다.

그나저나 이 파리 녀석을 어떻게 해야 하나 한참 고민이 됐다. 무조건 밖으로 내보내 줘야 되는 건지, 집도 절도 없는 허허벌판에 던져놓는 것보다는 사람 북적거리는 서울까지 동행시켜 어느 시골 파리도 경험하지 못한 도회지 생활을 시켜보는 것이 좋은 건지? 문득 평생 똥냄새만 맡고 시골에서 사는 것보다는 기왕 세상에 나온 것, 휘황찬란한 대도시에서 단 하루라도 살아보고 죽는 것도 괜찮겠다는 엉뚱한 생각이 들었다. 배부른 돼지보다는 배고픈 소크라테스가 되어보라는 것이었다. 그건 내 생각이고 파리한테는 어떤 것이 좋은 건지도 모르면서…….

아들 녀석은 운전하는 데 신경이 쓰이는데 그냥 대충 내쫓으면 되지, 그까짓 파리 한 마리 가지고 그렇게 요란을 떠느냐고 투덜댔다. 이럴까 저럴까 망설이는 사이에 차는 어느새 서울 명동거리까지 와버렸다. 그래서 그 녀석도 자연히 서울

파리가 되었다.

옛날 시골에서 파리가 득실거리면 홈키파를 팍팍 뿌려놓고 방문을 닫았다. 한참 뒤에 방문을 열어보면 파리의 시신이 새까맣게 널브러져 빗자루로 쓸어담다 아직 목숨줄이 덜 떨어진 놈이라도 있으면 가차 없이 후려쳤다. 단 한 마리라도 눈에 띄면 비위생적일 것 같은 생각에 거슬려 꼴을 못 보고 송두리째 박멸하곤 했었는데, 서울로 간 파리한테는 유난을 떨며 내가 왜 새살스러운지 모르겠다.

서울로 간 파리의 소식이 궁금해진다. 이 풍진 세상에, 순박한 민심의 시골도 아니고 사람도 적응하기 힘들다는 높은 빌딩숲 서울 한복판에서 어떻게 지내고 있을까. 혼자서 외롭진 않을까. 서울 파리들한테 왕따나 당하지 않을까. 배고파 죽지나 않았을까. 시골 음식과는 다른 버터 냄새나는 도시 음식이 입에 맞지 않아 곤혹을 치를지도, 고약한 사람 만나 단칼에 목숨을 잃었을지도 모른다는 생각도 든다. 용감하게 내 차에 탄 별종 기질이 있던 놈이었으니까 아마도 잘 살고 있을 것이라고 믿어보지만 가끔 마음에 걸리는 것은 어인 일일까.

서울도 사람 사는 곳이니까 잘 찾아보면 파리 한 마리쯤은 먹고 살 만한 서식처가 분명 있었을 거야. 아무리 '파리 목숨'이라지만 그래도 2, 3개월은 산다는데 어떤 정 많은 사람이 잘 거두어 호의호식하며 고종명했으면 좋겠다.

어쨌든 간에 내가 파리에게 특별한 운명을 만들어준 셈이
다. 신이 우리에게 나름대로의 운명을 점지해 주었듯이.

글씨도 나이를 먹는다

글씨쓰기를 좋아해 무시로 요지가
지의 형태로 낙서를 한다든가 굳이 옮겨 적지 않아도 될 문
장들을 맥없이 써가며 많은 공책을 채워 넣곤 했다. 식당에
갔을 때 더러 상 위에 종이가 깔려 있으면 그냥 있지 못하고
꽃도, 나무도 그려 넣고 아무런 의미도 없는 글귀를 써가면
서 밥이 나오기를 기다렸다. 컴퓨터가 보급되기 전까지는 글
씨 쓰는 것이 재미있어 습관처럼 그랬다. 함께한 일행이 있
어도 손은 빌개로 낙서를 하면서 아무렇지도 않게 사람들하
고 대화를 하곤 했다. 글을 쓸 때도 방안에 파지가 수북이
쌓이도록 쓰고 또 쓰면서 원고를 완성해 나갔다.

그 흔적으로 손가락을 쭉 펴 보면 오른손 중지 손가락 끝

마디가 한쪽으로 삐뚤어지고 뼈가 튀어나온 듯 괭이가 박혀 보기가 흉하다. 하도 많이 글씨를 써서인지 어느 날부터인가는 사람들이 내 글씨가 틀이 잡혀 예쁘다고 칭찬해 주었다.

그런데 최근 들어 내가 진짜 글씨를 못 쓴다는 사실을 알았다. 손 글씨를 통 쓰지 않다가 모처럼 글씨를 써야 할 일이 생겨 의식 없이 쓰고 있는데 이건 내 글씨가 아니라 완전 다른 사람이 써 놓은 것처럼 낯설게 느껴졌다. 예전의 틀 잡힌 탄력이라고는 찾아볼 수가 없는 기 빠진 할머니 같은 흐물흐물한 글씨체다. 더 발전은 없을지언정 옛날 정도는 그대로 가지고 있을 줄 알았는데 엉망이 된 내 글씨를 보고 많은 생각이 스쳤다.

어라, 내 글씨가 이게 뭐람. 아무리 안 써봤다고 이렇게까지 변해버렸을까. 이래가지고선 어디 부끄러워 남 앞에 글씨 한 자 내밀 수가 있겠나. 마음이 불편해졌다. 그래도 제법 쓰는 글씨라고 자부했었는데 그건 '아, 옛날'이고 지금은 글씨를 아주 못 쓰는 사람이 되어버린 게 아닌가. 세월의 흐름에 몸이 변하고, 목소리가 늙어가고 모든 것이 퇴색된다 하지만 글씨까지도 나이를 먹어 주름이 질 줄은 몰랐다. 아마 글씨도 세월은 피해갈 수 없었던 모양이다.

겨울 철새 가마우지가 먹이가 많은 해안에서 서식을 하다 보니 날지를 않아 새 꼬리가 점점 물고기의 지느러미로 변하더란다. 용불용설用不用說이다. 모든 것은 움직이지 않으면 세월 속에 퇴화한다. 한동안 노래를 부르지 않다가 어느 날 노래를 해보면 가사는 잊고 소리는 안 나오는데 목은 갈라지는 듯 아프다. 늘 하던 운동도 며칠만 거르면 그냥 태가 나 둔한 것은 그만두고라도 평길 걷기에도 힘에 부쳐 막무가내로 밀어붙여야 겨우 끝낼 수 있다. 글도 많이 쓰면 밑천이 바닥날 것 같지만 오히려 반대현상으로 쓰면 쓸수록 한없이 이어져 나오고 쓰지 않으면 도무지 한 줄 써내려가기도 버겁다. 사람 관계도 그렇다. 나름의 관계만큼 관심을 가지고 친근감을 표현해주어야지만 연결의 끈이 낡지 않는다. 모든 게 돌보지 않으면 제자리 지키는 것도 어려운 게 세상의 이치인 것 같다.

엊그제는 마침 문화센터에서 펜글씨 수강생을 모집한다기에 이때다 싶어 접수했다. 바쁜 세상에 무슨 손글씨냐 하겠지만 나름의 매력이 있다. 그런데 아니나 다를까 편리한 컴퓨터로 얼마든지 구사하여 멋지게 쓸 수 있는데 새삼 손글씨 배우는 것은 시간 낭비쯤으로 생각하는지 수강신청자가 겨우 3명밖에 안 되어 폐강이라 한다. 하여, 엉망으로 변해버린 글씨체를 어떻게 바로잡을까 궁리를 하다가 시집이나 신문에서 모아놓은 명시나 좋은 글귀들을 공책에 옮겨 적기로 했다. 성서를 필사하듯이 며칠 전부터 틈나는 대로 쓰고 있는데 제법 재미있게 글씨 연습이 되고 있다.

이건 일거양득이 아니라 일거다득이다. 한 자 한 자 쓰다 보니 그냥 읽고 넘어갔을 때보다 그 글이 내 안에 많이 스며드는 것 같기도 하고, 글을 옮겨 적으면서 처음 접했을 때의 감동을 다시 한 번 상기할 수 있어 좋다. 여기저기 쌓아놓아 나뒹굴던 종잇조각들도 하나하나 정리가 되어 개운하다. 나중, 나중에는 아마도 나만의 훌륭한 책 한 권이 탄생될 수도 있겠다 싶다. 일상에서 내게 좋은 글귀가 접수되는 대로 꾸준히 옮겨 적으려 한다. 그러다 보면 둔한 손놀림에 기름칠이 되어 젊은 날의 내 글씨체가 다시 찾아지리라 생각된다.

법정 스님은 깨어 있는 영혼에는 세월이 스며들지 못한다고 했다. 대란대치大亂大治다. 가만 놔두면 곰팡이가 슬 수밖에 없다. 우리가 걱정해야 하는 것은 늙음이 아니라 녹스는 것이다. 늙어가되 낡지는 말 일이다.

또 술 많이 드시고 이승에 오시지요

- 형문창 선생님을 그리며

선생님! 지금쯤 저승 어느 동네 어귀 정자나무 밑에 술상 차려놓고 오가는 사람들 불러 걸쭉한 신고식이라도 하고 계시나요. 아님 선술집에서 주모 앞혀 놓고 이승에서 있었던 이야기 맛깔나게 하면서 행복해하고 계시나요. 선생님은 지금 저승살이 맛 들여 이승을 아랑곳하지 않으실는지 모르지만 선생님을 좋아했던 이승의 우리들은 아직 선생님을 보내드리지 못하고 있습니다.

우리가 과음하는 선생님을 걱정하면 눈은 깜빡깜빡 코는 벌렁벌렁 하시면서 '굵고 짧게 산당께. 난 죽는 게 하나도 안 무서. 꼴리는 대로 사는 거여.' 하셨지요. 그렇게 선생님은 죽음을 두려워하지 않으셨습니다. 그 배짱은 하느님을 믿으며 올곧게 사셨기 때문이 아닌가 합니다. 소설을 쓰면서 소설 같은 인생을 살다가 소설 속 주인공처럼 선생님은 가셨습니다.

'좋은 소설' 카페지기인 선생님은 나고 죽는 일이나 만나고 헤어지는 일이 다 인연이요, 관계함이라는 철학으로 아름다운 만남과 관계를 위한 소통의 장을 만들어 쿵짝이 맞는 사람들과 무던히도 끈끈하게 지내셨지요. 선생님의 최후의 만찬도 '좋은 소설'님들과 행복한 시간이었습니다. 한치 앞을 모르는 게 인간사라고 하더니 즐거운 모임 뒤에 그런 끔찍한 죽음이 도사리고 있을 줄 그 누가 알았겠습니까.

지금도 '좋은 소설' 카페에는 '다들 알고 계시죠? 오늘(2/11)이 정모 날이라는 거?' 선생님이 쓰신 공지사항 바로 위에 '금일 새벽 소설가 형문창 씨께서 별세하셨습니다.'라는 부음이 올려 있습니다. 선생님이 떠나신 지 5개월이 지났지만 아직도 카페지킴이는 선생님의 닉네임 '또랑또랑'이고요. 앞으로도 카페의 문이 닫히지 않는 한 '좋은 소설'은 선생님이 운영하시는 겁니다. 가끔씩 주인 없는 방에 들어와 주인을 기다려봅니다. 다시 한 번만이라도 만날 수 있다면……. 함박꽃처럼 웃으시는 선생님의 얼굴이 눈앞에 선연합니다.

제 둘째 딸 시집가던 날, 선생님은 어머니 상을 치른 지 얼마 안 되어서 혹 부정을 탈까 봐 예식장에 가기가 께름칙해 우편환으로 축하를 대신한다면서 미안하다 하셨지요. 선생님이 보내주신 금쪽같은 축의금을 현금으로 바꾸지도 않았는데 선생님은 이미 이 세상 분이 아니었습니다. 선생님의 부음을 믿을 수가 없었습니다. 참으로 어이없고 속상합니다.

선생님이 유명을 달리하시던 날 제가 식사하자고 전화했을 때, 오늘은 '좋은 소설' 모임이 있으니 다음 주 화요일에 만나자고 약속하셨지요. 그런데 그 화요일이 영영 돌아오지 않고 말았습니다. 인명은 하느님께서 주관하시는 것이라지만 그때 저랑 만났더라면 혹 돌아가시지 않았을는지도 모른다는 아쉬운 생각도 해봅니다. 그리고 어차피 선생님이 저세상으로 가실 것이 예견되어 있었다면 저도 그날 좋은 소설 모임에 나갈 걸 그랬어요.

선생님, 우리는 '가톨릭문우회' 모임이 끝나면 약속이라도 한 것처럼 몇몇이 모여 소주를 마시는 뒤풀이를 하곤 했지요. 그 시간들이 그렇게 소중한지를 그때는 몰랐습니다. 소주 몇 잔에 천진난만한 어린애처럼 마냥 좋아하며 쌀떡같이 뽀얀 선생님의 얼굴 전체가 웃고 있었지요. 세상 부러울 것 없는 사람처럼 말입니다.

그런데 그렇게 해맑은 선생님에게도 넉넉지 못한 호주머니사정은 슬픔이었나 봅니다. 어느 날이었지요. 집에 모셔다드리는 차 안에서 제게 물으셨죠. 〈내게 가장 슬픈 것〉이라는 시를 아느냐고요. 전 들어본 것 같은데 왜 그러시냐고 했더니 선생님은 '내가 좋아하는 사람들에게 늘 신세만 지고 갚을 길이 없으니 그게 가장 슬프다.'고 하셨습니다. 전 '선생님, 왜 그러세요. 그냥 엄벙덤벙 사는 거지, 술값 그까짓 게 무슨 대수예요. 만나서 사람 냄새 풍겨주시는 것만으로도 풍요롭고 즐거우니까 뭐 그런 걱정일랑 아예 하지도 마세요.' 하고 넉살을 부렸지만 속이 아팠습니다.

그때 마음으로는 앞으로 더 잘해드려야 되겠구나 하고 생각했었는데, 그 뒤 딸 결혼 문제로 만남을 제대로 갖지 못했지요. 그렇게 홀연히 가실 줄 알았다면 무리를 해서라도 자주 얼굴 뵈었어야 하는데 후회뿐입니다. 세상 모든 것은 기다려주지 않는다는 것 더욱 더 실감하게 되네요.

선생님, 유성 장날 기억하시나요? 선생님은 고향땅에라도 온 것처럼 신바람이 나서 여기저기 안내하며 설명해 주기에 바쁘셨지요. 무거운 짐 보따리도 끝까지 들어주는 따뜻함도 보여주셨고요. 장터에서 때론 소주잔을 기울이며 순댓국이며 국수, 빈대떡이며 파전, 시장 안 음식들을 이집 저집 다니면서 맛나게도 먹었지요. 또 '가톨릭문우회'에서 문학기행을 할 때면 어김없이 사전답사를 함께했습니다. 팔도강산 어디든 척척 꿰고 있는 선생님은 가는 곳마다 해설사가 되어 주셨습니다. 원주, 진주, 순천 등등, 사전답사를 핑계삼아 맛있는 거 먹어가며 우리는 유랑을 즐겼었지요.

술맛이야 거기서 거기겠지만 선생님은 철두철미하게 우리 고장 '하이트' 소주만을 찾으셨습니다. 술집에 하이트가 없으면 언짢아하며 그냥 나와 버리든지, 아니면 맥주를 드셨지 절대로 타사 소주를 마시지 않았습니다. 그 정도로 하이트 마니아였는데 선생님의 술 성향을 모르는 누군가가 영정 앞에 '참이슬'을 가져다 놓았더군요. 말도 할 수 없고 얼마나 답답하셨습니까. 상주에게 술 바꿔 놓으라고 부탁을 하고 나왔는데 그 뒤 하이트 소주 잘 드셨는지요. 선생님만의 그런 색깔도 나름대로 멋있었습니다.

그런가 하면 선생님은 퍽이나 여리셨습니다. 연상인 L선생님의 시를 읽고 결점을 지적했다가 어른에게 버릇없이 군 것이 마음에 걸려 용서를 청할 요량으로 몇 번이나 전화를 했는데 받지 않는다며 힘들어했었지요. 2박 3일의 술도 마다하지 않던 선생님이 스스로에게 벌을 주기 위해 술 한 모금 입에 대지 않고 열흘간 반성하며 칩거하셨다는 이야기를 들었을 때, 선생님에게서 참 사람을 느꼈습니다. 자신의 잘못은 조그마한 것이라도 용납하지 못하고 그것 때문에 괴로워하고 자책하는 모습은 아름다운 감동이었습니다.

그러던 선생님이 효자동 승화원에서 한 줌의 재가 되어 주님의 품으로 가셨습니다. 중앙성당에서 장례미사를 하고 금상동 납골당에 안치되셨지요. 마지막 따뜻한 체온을 느끼고 싶어 선생님의 온몸이 담긴 항아리를 안아보았습니다. 역시 평소처럼 따뜻했습니다. 선생님은 환희 웃으며 마지막 작별을 하고 봉안되셨지만, 전 웃으면서 보내드릴 수가 없었습니

또 술 많이 드시고 이승에 오시지요
229

다. 시도 때도 없이 쏟아지는 눈물. 친오빠를 잃었을 때보다도 더 아픈 것은 선생님과 함께했던 수많은 시간들이 옹이가 되어 가슴에 박혀 있어서였나 봅니다. 선생님이 떠난 자리여기저기에 추억이 가득합니다. 저뿐만 아니라 선생님과 정나누었던 사람들 모두가 잊지 못하고 있습니다.

이형기 시인은 '죽음은 죽는 순간에 이루어지는 것이 아니라 잊히는 순간에 이루어지는 것이다.'고 했습니다. 많은 시간 함께하며 소박함과 순수와 위트로 기쁨을 나누어 주었던 선생님. 선생님은 비록 떠나셨지만 우리 모두는 선생님을 잊지 않고 있기에, 아니 잊을 수가 없기에 선생님은 우리 곁에 살아계십니다. 그러기에 더 이상 슬퍼하며 눈물 흘리지 않겠습니다.

선생님이 가신 뒤 선생님의 〈대박〉이라는 소설을 읽었습니다. 비록 시뮬레이션이지만 '선경도'라는 주인공을 통해 로또복권 1등이 당첨되어 써보고 싶은 돈 실컷 써보는 행운을 얻으셨더군요. 결국 남가일몽이었지만요. 소설을 쓰면서 돈의 자유를 누리며 싱글벙글하셨을 선생님의 모습이 글을 읽는 내내 그려졌습니다. 저승에서는 아무런 묶임 없이 이승에서보다 더 멋지게 지내십시오. 술은 조금만 하시구요. 아니면 또 술 많이 드시고 다시 이승에 오시든가요.

선생님!

지금, 하느님 품안에서 편안하시죠. 선생님이 운명을 달리

하셨다는 게 아직도 실감이 나지 않습니다. 전화 드리면 어딘가에서 받으실 것만 같은데…….

또 술 많이 드시고 이승에 오시지요

Bygone days
Color pencil on paper

아름다운 언어로 짠 아이러니의 구조

– ≪내 안의 어처구니≫의 작품세계

오 하 근

(문학평론가 · 원광대 명예교수)

아름다운 언어로 짠 아이러니의 구조

- ≪내 안의 어처구니≫의 작품세계

오 하 근

(문학평론가 · 원광대 명예교수)

1

그 많은 문학인 중에서 수필가 이정숙을 찾기는 제법 힘든 일이다. 인터넷에서 검색하니 이정숙 수필집 ≪지금은 노랑 신호등≫이란 책이 뜬다. 지금 이 땅에 문학인은 얼마나 많으며 그 가운데 수필가는 또 얼마나 많은가. 그들은 대부분 한두 권의 작품집을 내고 문학인이라는 명예를 얻었을 것이다. 그런데 그 많은 작품 가운데에서 꼭 이정숙의 수필집을 골라 읽어야 할 이유가 있을까 싶다.

어떤 작가가 우리 가까이 있기에 우리는 친분에 의하여 그의 작품을 읽을 수도 있다. 먼 곳에서 일어나는 큰 사건보다 가까이서 일어나는 작은 사건이 우리에게 더 큰 뉴스거리가 되듯이 내가 모르는 분보다 내가 아는 이의 글이 나에게는 더 중요하고 흥미롭다. 더구나 수필이라면 더 그렇다. 수필은 글 쓴이를 그대로 드러내는 문학양식으로 그 작품에서 작가를 읽을 수 있기 때문이다. 글은 사람이라 Le style, c'est l'homme 지 않는가. 그렇다고 단지 이런 근접성에 의하여 글을 읽는다면 독자는 극히 한정될 수밖에 없을 것이다. 그리고 우리 독자의 대부분은 어떤 작가와 밀착되어 있지 않다.

어떤 작가가 이미 유명한 존재라면 우리는 미리 그 유명인을 더 알아보려 한다. 이름이 뉴스를 만든다Names make news고 하듯 유명세가 책을 판다. 또 있다. 개가 사람을 물면 그런가 보다 하지만 사람이 개를 물면 뉴스가 된다(대너). 그러나 지금 읽고 있는 수필집은 그렇게 저명하지도 않은 평범한 사람의 그렇게 별스럽지도 않은 보통의 작품이다. 그리고 그것은 일회성의 짤막한 뉴스가 아니고 제법 길게 이 이야기 저 이야기를 엮어놓은 수필이다.

이러한 수필은 우리에게 얼마나 중요하고 어떻게 개인적인 흥미와 정서를 유발하여 우리의 관심을 끌고 영향을 주는가. 우리는 왜 그 많은 수필 중에서 하필이면 이정숙의 수필을 골라 이 질문에 대답하려고 하는가. 여기에 대한 해답을 구하기 위하여 이 글을 쓴다.

2

　수필은 문학이다. 문학은 예술이다. 예술은 미의 기술이
다. 수필은 문장으로 미의 기술을 부린다. 문장의 아름다움
이 수필의 아름다움이다. 그런데 미사여구는 아름다운 문장
이 아니다. 문장은 억지로 꾸며서 아름답게 되는 것이 아니
다. 꾸미지 않은 문장은 소박하다. 소박한 문장은 감정이 밖
으로 드러나지 않고 안에 깃들인다. 그러나 우리는 이 소박
한 문장의 함정에 빠져서는 안 된다. 꾸미지 않은 문장은 과
장하지 않을 뿐 밋밋하게 기술한다는 의미는 아니다. 문장은
치장하지 않을 뿐 아름다워야 한다.

　　며칠 후, 노랑 봄 나비가 나풀나풀 춤을 추듯 순박한 웃음으
　로 꽃망울들이 하나씩 벙글기 시작했다. 오늘을 위하여 먼 길
　을 걸어왔을 것이다. 참으로 오지게도 피고 있다. 말로는 다
　표현하지 못할 속내를 꽃으로 노래하고 있으리라. 가슴에 고
　이는 이 두근거림, 나날이 애틋해지는 꽃. 서로가 나누는 미
　소, 나는 꽃과 마주하면서 사랑을 듬뿍 담은 여인이 되기도 하
　고, 명절을 기다리며 가슴 설레는 어린아이가 되기도 했다.
　　　　　　　　　　　　　　　　　　　　　　－ 〈찬란한 슬픔〉

　이는 억지로 꾸미고 과장해서 만들어진 문장이 아니다. 여
기에 어디 까다롭고 어려운 어휘 하나라도 있는가. 오히려

'오지다.' 따위는 어린 시절에 아무렇게나 썼던 촌스런 말이다. 그런데 말이다. 이런 낱말들이 어쩌면 그리 입에 착착 달라붙어 감칠맛을 돋우는가. 그 꽃망울이 벙그는 모습을 '노랑 봄 나비가 나풀나풀 춤을 추듯 순박한 웃음으로'라고 표현하고 있다. 왜 그럴까. 꽃망울이 터지면 나비가 찾아오는 것이 상례인데 베란다 화분 꽃이라 그럴 리도 없다. 그래서 그 서운한 마음을 미리 여기 슬쩍 담아낸 것이리라. 그리고 '얇은 사 하이얀 고깔이 고이 접어 나빌레라.(조지훈 〈승무〉)'와는 달리 노란 난꽃은 고이 접지 않아도, 그렇게 꾸미지 않아도 그대로 나비이기 때문에 여기 나비를 몰고 온 것이다. '한 송이의 국화꽃을 피우기 위해 봄부터 소쩍새는 그렇게 울었나 보다.(서정주 〈국화 옆에서〉)'라고 그 한 송이가 피는 것도 그런데, 이렇게 떼로 오지게 피기 위하여 얼마나 먼 길을 걸어왔으며 그 과정의 속내는 또 오죽했으랴. 이를 꽃으로 노래하는 난은 얼마나 많은 언어를 함축하고 있을까. '정든 임이 오셨는데 인사를 못해 행주치마 입에 물고 입만 벙긋(민요)'은 꽃의 표정인가 나의 몸짓인가. '까치 까치 설날은 어저께고요 우리 우리 설날은 오늘이래요.(동요)' 역시 갓 핀 난꽃의 설렘인가 동심으로 돌아간 나의 마음속 동요인가 모르겠다. 이들을 나의 것으로만 표현하는 나는 또 얼마나 쓸쓸할까. 이가 바로 시를 풀어쓴 산문이 아니겠는가.

이를 어찌 붓 가는 대로 가다가 두엄자리에서 주운 꿩이라

하겠는가. 천의무봉天衣無縫, 안 그런 체하면서 그러고, 그러고는 또 안 그렇게 보이게 하는 글쓰기가 수필의 아름다움이다. 또 다음의 문장은 어떠한가.

플라타너스는 겨우내 거무튀튀한 표정으로 험상궂게 인상을 쓰고 있다가 봄이 되면 언제 그랬느냐는 듯이 등걸에 조화롭게 배색된 그림을 그린다. 덕지덕지 붙어 있던 등걸이 목욕탕 뜨거운 물에 불려 때를 밀어내기라도 했는지 이제 매끌매끌해져 짙고 옅은 초록의 얼룩무늬 예비군복 같은 색깔을 띠고 있는 모습이 꽤 늠름하다. 어렸을 적 나도 겨울 추위에 손이 트면 그대로 두었다가 봄이 되어서야 뜨거운 물에 불리어 한 꺼풀 벗겨내곤 했었는데 플라타너스도 날씨가 풀리니 그렇게 봄맞이를 하는가 보다.

- 〈건지산의 사계〉

이렇게 정확하게 봄맞이한 플라타너스 나무를 묘사하기는 어려울 것이다. 구태여 건지산의 플라타너스가 아니고 가로수로서의 플라타너스라도 좋다. 플라타너스 가로수만큼 전지란 이름으로 수난을 당하는 나무도 없을 것이다. 그 거대한 나무를 사정없이 뚝뚝 잘라내고 겨우 골격만 남겨둔 나무의 잔해는 글자 그대로 남겨진 해골처럼 흉물스럽게 '겨우내 거무튀튀한 표정으로 험상궂게 인상을 쓰고 있다가 봄이 되면 언제 그랬느냐는 듯이 등걸에' 여러 가지 색깔을 서로 잘 어울리도록 알맞게 섞어 흔한 표현으로 그림보다 아름답게 변한다.

여기에서 뜨거운 물에 덕지덕지 붙은 때를 불려 밀어내는 이미지와 자연의 빛깔로 위장한 얼룩무늬 예비군 군복의 이미지를 잡아내어 플라타너스는 매끌매끌하고 늠름한 모습으로 제시된다. 이 늠름한 모습에서 그와는 정반대로 손에 덕지덕지 찐 때를 그대로 두었다가 봄에 뜨거운 물에 불리어 한 꺼풀씩 벗겨내던 어린 시절의 초라한 모습이 오버랩되어 보인다. 이처럼 정확히 플라타너스를 사실적으로 묘사하면서 환상인 양 어린 시절의 이미지를 불러들이기는 쉽지 않을 것이다. 어린 시절에 목욕했던 추억은 〈목욕하는 사람들〉에서 펼쳐진다.

이 수필들은 어휘가 풍부하다. 이 수필가는 시골에서 태어나 거기에서 자라고 이내 도시에서 생활해서 그런지 토박이말과 사투리, 비속어, 유행어, 곁말 등의 다양한 종류의 어휘를 능수능란하게 구사하고 있다. 시골 출신으로 도시 생활하는 이가 어쩌면 우리나라 인구의 절반 이상이 될 것이다. 그렇다면 그들 대부분이 그만한 언어구사 능력을 가졌느냐 하면 어디 그런가. 그러한 환경은 단지 기본적인 조건이고 타고난 재질과 노력으로 그런 능력을 획득했을 것이다.

우선 잘 씌지 않으면서도 별스럽게 예쁜 토박이말을 〈건지산의 사계〉에서 살펴보자. 이들 아름다운 문장들은 토박이

말을 예시하기 위해서만 보인 것이 아니다.

고등학교를 갓 졸업한 **풋 처녀**들이 부산하게 단장을 하고 **풋풋한 웃음**을 지으며 수줍게 첫발을 내딛는 모습을 보는 것만 같다.

올봄에는 예년과 달리 갑작스레 기온이 상승해 동시다발로 꽃이 피었다. **오지게도** 꽃들이 **함박지게** 핀다.

여름날 새벽은 **초라니방정**이다. 막 잠든 것 같은데 금세 창문이 훤하다. 햇볕에 들키지 않고 산에 다녀오려면 적어도 새벽 다섯 시 전후에 집을 나서야 한다.

아까시나무, 산딸나무, 이팝나무, 때죽나무 등 큰키나무들의 틈새기에 키 작은 찔레꽃도 피어 온 산을 수놓는데 드문드문 피어 있는 붉은 싸리, 노란 애기똥풀은 **생뚱맞아** 다른 계절에 피어야 할 꽃처럼 보인다.

우선 이들 문장의 묘미를 맛보자. '풋 처녀들'의 '풋풋한 웃음'에서 금방이라도 싱싱한 풋냄새가 풍겨오는 듯싶지 않은가. '오지게도' '함박지게' 핀 꽃들은 얼마나 탐스럽고 어떻게 웃음소리가 흘러 하늘가에 퍼질까. '초라니방정'을 떠는 새벽 몰래 햇볕에 들키지 않고 어스름을 밟으면서 산길을 걷는 고요는 또 어떠할까. 큰 나무의 '틈새기'를 비집고 나오는 찔레꽃이 온 산을 하얗게 물들일 때 우리는 우리 민족성인 은근과 끈기를 느끼지 않을까. 이는 너무나 '생뚱맞은' 비약일까.

자드락길에 접어든다. 이곳은 사람의 왕래가 그리 많지 않다. 오늘은 아침 시간이 바쁘지 않으니 편백나무 숲에서 **충그려도** 될 것 같다.

갑자기 **매지구름**이 금방이라도 비를 뿌릴 것 같아 **지망지망히** 발길을 내딛다가 그만 쭉 미끄러지고 말았다.

쓰잘머리 없는 일로 개운치 않게 잠자리에 들었더니 잠을 설쳐 자는 둥 마는 둥 하다가 일찌감치 산에 와버렸다. 나무들한테 잠자는 산을 깨우는 무법의 침입자 정도로 비쳐질 수도 있겠다 싶어 미안하기는 하다.

뜨뜻한 아랫목의 편안한 유혹도 겨울산의 **꼬드김**에 손을 들고 만다. 나는 무엇에 씌었는지 마냥 졸린 눈을 비비며 어제도 오늘도 **주구장창** 산에 가고 있다.

'자드락길'이 '나지막한 산기슭의 비탈진 땅에 난 좁은 길'이란 뜻은 알까. 그렇다면 그 길에서 좀 '충그려도' 도시인의 조급함과 긴박감을 조금은 완화시킬 수 있지 않을까. 모를 것 같으니까 '지망지망히'의 뜻이 '조심성이 없고 경박하게 촐랑대는 모양'이라는 것을 알려주자. 그렇다고 초라니방정을 떠는 것은 아니다. 비를 머금어 검게 '매지구름'이 일면 누구든 서두르지 않겠는가. '괜히' 대신에 '쓰잘머리 없이'를 쓰는 것이 결코 쓰잘데기 없는 일은 아니다. 한자어인 '유혹'이나 속어인 '꼬심' 대신 토박이말인 '꼬드김'이 훨씬 정답다. 그렇다고 '주구장창' 그 말만 쓸 필요는 없다. 때로는 한자어도 속어도 제때 쓸 줄 알아야 한다.

그것도 겨우 **풋눈**이 내렸다. 그러더니 **잣눈** 한 번 제대로 내리지 않고 겨울이 가고 있다. 자연의 숨소리마저 멈춰버린 적요 속에 물 주어 만든 **시루떡**같이 푹신한 낙엽 위에 쌓인 눈길을 마음껏 걸어보고 싶었는데 야속하게도 올겨울은 틀린 것 같다.

눈 덮인 겨울산은 아늑하고 포근한데 눈이 없는 맹추위는 흡수되지 않는 강철처럼 쇳소리가 난다. 얼음으로 덮인 웅덩이를 밟으니 **카랑카랑** 유리조각 부서지는 소리가 날카롭다. **서릿발**이 많이 내린 곳은 푹신거리면서도 **싸그락거리는** 소리가 재미있어 그 자리에 멈추어 **종종걸음**을 쳐본다.

겨울은 멈춤의 계절, 침묵의 계절인 듯싶다. **동살**에 호수는 **까치놀**처럼 반짝여 한 폭의 그림처럼 아름답긴 해도 여기에서 놀던 쇠물닭이 걱정이다.

'풋눈'이 내리면 '풋사랑'의 추억도 함께 오리라. 풋사랑은 '잣눈'이 올 때까지 이어졌을까. 그래서 사랑하는 이와 '자연의 숨소리마저 멈춰버린 적요 속에 물 주어 만든 **시루떡**같이 푹신한 낙엽 위에 쌓인 눈길을 마음껏 걸어보'았을까. 입속에 녹는 '시루떡'의 부드러움과 발길에 밟히는 눈송이의 부드러움은 또 얼마나 낭만을 장만할까. '카랑카랑' '서릿발' '싸그락거리다'의 된소리와 그 의미의 날카로움이 어우러지면 '서릿발 칼날진 그 위에 서다.'(이육사 〈절정〉)의 경지에 이를 것이다. '동살'과 '까치놀'은 새벽과 저녁이 공동으로 참여하여 아름다움을 더한다.

우리는 이들 어휘를 얼마나 알고 있는가. 다 그만두고 이 책의 제호인 ≪내 안의 어처구니≫의 '어처구니'가 무슨 의미인지나 알고 있는가. 요즘 거리의 간판이 외래어도 아닌 외국어 일색으로 바뀌고 우리 입에서도 거침없이 외국어가 튀어나오는 세태에서 더러는 이러한 구수하고 감칠맛 나는 우리 고유어를 사용한다면 오히려 신선한 느낌이 들 것이다. 토박이말은 이른바 한국적이고 향토적이고 전통적인 제재에서는 말할 것이 없고 서구적이고 이국적이고 현대적인 제재에 사용하면 어긋남 속의 어울림, 부조화 속의 조화로 새롭고 신선한 글쓰기가 될 것이다.

표준말의 토박이말뿐만 아니다. 사투리는 어떠한가. 작가는 단지 어머니의 말을 인용할 뿐이지만 나열하고 있는 이들

어휘를 보자.

> 요즈음은 어머니가 쓰시던 사투리가 문득문득 내 입에서 튀
> 어나오는데 그것도 정겹다. 시골 태생이 사투리를 쓰면 인격
> 에 무슨 장애라도 되는 양 의도적으로 피했던 말들인데 이제
> 는 아무 저항감 없이 입에 올리는 것이다. '꼬순내는 나는데
> 애비 맛도 애미 맛도 없다.' 라든지. '누말짜꼬로 머덜라고 근
> 다냐.' '역부러 차대기에 넣었어.' '옴씨래기 가져오라고' '속창
> 아리 없이 또 그러냐.' '깨금박질로 해봐.' '빠꾸매기하면서 놀
> 아.' '으멍스럽게 그러지 말고.' '짜잔하게 굴지 말고 얼렁얼렁
> 히어.' '앵간하면 그래야지'. '참 욕봤어야.' 등등 얼마나 착착
> 감기는 말들인가. 덤덤하면서도 애틋한 그 묘한 느낌이 혀에
> 착 달라붙는 토장국 맛이다.
>
> — 〈내 것이었다가 내 곁을 떠난 것들〉

물론 사투리를 함부로 쓰면 안 된다. 공식석상에서는 표준
말을 쓰게 마련이다. 그러나 이른바 공식석상이 우리 일상에
얼마나 될까. 흔히 문학작품에서 사투리의 씀씀이로 인물의
출신이나 교육 정도나 계층을 나타내는 기능을 부여했다. 그
래서 사투리는 주류가 아닌 비주류, 고급이 아닌 저급, 중심
이 아닌 변두리, 상류가 아닌 하류 계층의 말로 치부해왔다.
그래서 이젠 정상적인 교육을 받지 않은 늙은이들의 말로 사
라져가고 있다. 작가는 나이가 듦에 따라 이에 대하여 새삼

스럽게 매력을 느낀다. 우리의 일상은 공식석상이 아니고 문학작품은 그 일상의 기록인 것이다.

비어나 속어는 어떤가.

아침에 일어나 보면 이슬이 마디마디 꽃송이에 맺혀 있다. 무심코 혀를 대보았다. 이건 완전 꿀이었다. 그 영롱하고 맑은 것이 사람 **환장지경에 이르게 하는** 야릇한 단맛을 지니고 있을 줄은 몰랐다.

― 〈우리 집 화분〉

남은 전혀 생각지도 않고 자기 마음 내키는 대로 살아가는 저 **뻔뻔함**, 저 오만방자, 저 후안무치, 저 낯가죽, 저 낯빤대기, 저 낯두껍이, 저 인두껍, 저 개똥녀, 저 안하 & 방약무인…….

― 〈막무가내 세상〉

점잖지 못한 표현으로 말하자면 이런 기분은 '**환장하고 미치고 돌아버릴 것 같다**'고 하는 그런 것이다.

…… (중략) ……

깜냥에 낱말 하나하나에 온통 내 영혼을 쏟아부으며 썼는데……. 컴퓨터에 매달려 일로 절로 아무리 **기를 쓰고 용을 써도** 소용이 없다.

― 〈잠 못 이루는 밤〉

'꼴리는 대로 사는 거여.' 하셨지요. 그렇게 선생님은 죽음을 두려워하지 않으셨습니다.

─ 〈또 술 많이 드시고 이승에 오시지요〉

이들은 비속어인데도 묘하게 그 강도를 낮추고 있다. 비속의 힘이 빠진 이들 어휘는 비속어인 듯 아닌 듯 오히려 힘을 낸다. '환장지경換腸之境'은 한자숙어인 듯싶고 '낯빤대기' 등은 '후안무치' 등과 어울려 동격으로 행세하고 '환장하고 미치고 돌아버릴 것 같다.'와 '기를 쓰고 용을 써도'도 동격의 딴말에 덩달아 편승한 것뿐이고, '꼴리는 대로 사는 거여.'는 윗사람 말씀이니 뭐라 하겠는가. 그 윗사람은 같은 문단 사회집단에 속하는 후배에게 친근감이나 동류감 같은 것을 느끼게 하기 위하여 이를 사용했으리라. 그리고 설령 또 그렇지 않다 한들 이렇게 정확한 문맥에만 들면 비속어가 오히려 빛을 내는 것이다.

다음은 신세대의 언어를 살피자.

가끔은 누군가에게 각인되고 싶은 화려한 허영도 생긴다. 이순을 바라보는 여자가 **팜므파탈**femme fatale을 꿈꾼다면 혀를 끌끌 차겠다는 생각을 하면서도 좀처럼 **주제파악이 안 된다.**

─ 〈팜므파탈을 꿈꾸는 여자〉

시대의 흐름이야 어쨌든 내 집에 내가 좋아하는 사람들을 가끔 초대하여, 그 흐름을 벗어나 잠깐 멈추어서 휴식을 취하는 그런 **아날로그적 삶**을 살고 싶다.

— 〈우리 집에 놀러 오세요〉

그러니까 청타기는 수공으로 하는 등사판과 첨단의 컴퓨터 중간 정도 되는 '**디지로그**'라고 하면 될 것 같다.

— 〈청타기〉

아버지는 훤칠한 키에 이목구비는 물론이요, 손발까지도 고운, 요즈음 말하는 **꽃미남**이셨다.

— 〈마지막 손〉

쌩얼에 가까운 화장이 싱그럽고 보기 좋은 줄 알면서도 뻔히 보이는 것들을 들키지 않기 위한 변장술을 쓴다.

— 〈팜므파탈을 꿈꾸는 여자〉

사실 이 정도의 외래어와 신조어는 알아야 구세대라 멸시당하지 않는 현대인이라 할 수 있다. 그러나 어디 그런가. 작가는 '신문을 습관처럼 읽다 보니 나는 신문에서 배우는 학생이 된다. 덕분에 젊은이들이 흔히 쓰는 **그루밍족이니 배터리족이니 체리피커니 초식남이니 알파 걸, 파파 쿼터제도, 월급 루팡, 삼포세대, 플레시 몹 등등의 신종** 유행어들을 더러 알게 되었다(〈새벽을 여는 신문〉).'라고 이들 신종 유행어를 배운다고 부끄럼 없이 공공연히 공포하고 있다. 나이깨나 먹었다고 점잖은 체 잰 체하지 않고 현대의 현실의, 젊은이의 언어를 습득하여 그들과 함께 거리낌 없이 대화하고 제때 제자리에 활용할 수 있다면 당연히 자랑할 만한 일이다.

연세 많은 할아버지들에게도 **쭉쭉빵빵**한 여자가 눈에 들어오는 모양이다. 젊으나 늙으나 아름다움을 느끼는 것은 똑같은 것인가?

- 〈아침 풍경〉

사랑놀이하러 왔는지 여자의 어리광이 **장난이 아니다.** 새벽에 만날 생각에 잠이나 제대로 자고 나왔는지 모르겠다.

- 〈아침 풍경〉

침잠의 집에서 벗어나 다시 **룰루랄라 노래한다.** 이 나이에도 하늘과 땅을 오갈 정도로 감정의 기복이 심해서 큰일이다.

- 〈누가 내 말 좀 들어주오〉

나의 식욕은 **통제 불능이다.** 끊임없는 유혹에 넘어가 매번 과식을 넘어 폭식을 한다.

- 〈하소연〉

좋아 죽고 못 살았던 몇몇 인연들도 어찌된 연유든 지금은 곁에 없다. 오랜 세월 나와 함께한 사람도, 물건도 다섯 손가락을 다 채울 수 없다는 게 씁쓸하고 쓸쓸하다. 내 역사를 증언해 줄 만한 가치 있는 것들을 지니지 못한 것은 유목민처럼 서글픈 일이다.

– 〈내 것이었다가 내 곁을 떠난 것들〉

몸은 자꾸만 편한 것을 찾아 **바닥의 면적을 넓혀주기**를 원한다.

– 〈팜므파탈을 꿈꾸는 여자〉

여자에게는 허영도 때론 방부제가 된다는 말로 합리화를 시키면서 말이다.

– 〈팜므파탈을 꿈꾸는 여자〉

물 흐르는 대로 편하게 살자 생각하며 나에게 다가오는 일들을 무조건 즐기며 **오케이를 했고,** 나 스스로도 **건수를 만들어** 거기에 보탰다. 그로 인해 **백수가 과로사한다**는 말이 나한테도 적용이 되는 듯 늘 피곤했다.

– 〈자유로운 구속〉

손이 그렇게 생겼으면 힘이라도 세야 하는데 **힘쓰는 데는 공주다.**

– 〈마지막 손〉

이젠 **아, 옛날**이 되었다.

– 〈청타기〉

아무리 연습해도 노래가 안 되어 **음이 플랫되어** 나오는 곽
양 언니도 궁금해지고

- 〈청타기〉

좀 더 정을 나누며 살았을 걸 하는 **후회가 뒷북을 친다.**
- 〈아버지 당신은〉

이들은 일종의 신종 관용어이다. 관용어는 관습적인 말이
기 때문에 '신종'을 덧붙이면 모순형용이 될 것이다. 그러므로
이들 대부분은 관용어처럼 쓰이는 유행어로서 굳이 명명한다
면 의사관용어라 할 수 있을 것이다. 분명 이들을 의젓한 언
어라 할 수는 없을 것이다. 대체로 비속한 느낌이 없지 않지
만 직설적이거나 사실적이 아니고 은유적이고 과장적이어서
은근히 한 번쯤 생각해 보고 **맞장구치게 되는** '착한 언어'이다.
　이러한 유행어는 방송에서 유래하는 경우가 흔하다. '쭉쭉
빵빵'을 예로 들어보자. '키가 늘씬하여 쭉쭉 뻗었고, 육체가
터질 듯이 빵빵하다.'는 뜻에서 비롯된 말로 속된 유행어로
'몸매가 끝내주는 젊은 여자'를 일컫는다. '빵빵'은 속어로 '속
이 꽉 차서 크고 탄력이 있다.'는 의미로 여인의 가슴을 연상
시키는 곁말로 변했다. 이들은 독특하면서도 신기로운 표현
으로 당대의 시대상을 보여주는 풍자성도 지니고 있어 대중
에게 어필하는 효과가 있다. 또 이러한 어휘들은 '과유불급過

猶不及'제행무상諸行無常' '안하眼下&방약무인傍若無人' '대란대치大亂大治'니 '문질빈빈文質彬彬'이니 무엇이니 하는 위엄을 자아내는 한문성구와 어울려 갈등과 조화를 빚는다.

이러한 어휘들을 구성하는 데는 열거법이 한몫을 한다.

맛있어 먹고, 먹고 싶어 먹고, 심심하여 먹고, 허기져서 먹고, 끼니때라 먹고, 챙겨 줘서 먹고, 챙겼으니 먹고, 먹어야 하니까 먹고, 그냥 먹으니까 먹고, 앞에 있으니까 먹고, 버리기 아까워서 먹는다.

— 〈하소연〉

다듬어 손질하여 씻고 깎고 찧고 다지고 으깨고 갈고 저미고 썰고 비비고 재우기를 하는가 하면 때론 말리고 겉절이고 절이고 곰삭히고 썩히고 곯리고 발효시켜 숙성의 과정을 거치기도 하고, 또 섞고 치대고 끼얹고 무치고 뒤집고 담그고 버무리며 찌고 삶고 데치고 굽고 튀기고 고고 달이고 끓이고 조리고 지지고 볶고 우리고 덖는 방법 등이 동원되어 요리를 한다.

— 〈음식 이야기〉

이 둘이 다 음식에 관련된 것이지만 딴 것들도 이런 열거법을 이용한다. 이들 어휘들을 생각나는 대로 나열했을 것 같지 않다. 아마도 사전을 찾고 치밀하게 짰을 것이다. 유사하거나 대립되는 것끼리 짝짓기도 하고 진행과정이 이어지기도 하고 점층적으로 표현의 강도를 높이기도 하면서 다양한 종류를 보인다. 이런 열거법은 우리 사설시조와 소설과 판소리 등 우리 고전문학의 가장 특징적인 수사기법이다. ≪흥부전≫에 얼마나 많은 놀부의 비행이 열거되어 있는가.

3

이 책의 수필들은 그 상당수가 아이러니적인 구조를 지니고 있다.

> 몇 년 동안 방치해 두었던 난이 작년 봄에 꽃을 피웠다. 그때도 뜻밖에 찾아온 손님처럼 반가웠지만 꽃이 진 뒤 기다림도 그리움도 키우지 않고 무심히 세월을 흘러 보냈다.
> - 〈찬란한 슬픔〉의 첫 부분

> 이제 나는 꽃이 시들어 떨어진 뒤의 허망함을 한동안 견디면서 다시 꽃이 피기를 기다려야 한다. 그 찬란한 슬픔의 꽃을, 그리고 다시 피지 않을 나의 젊음을……
> - 〈찬란한 슬픔〉의 끝 부분

위는 이 수필집의 맨 처음 작품 〈찬란한 슬픔〉의 시작과 끝 부분이다. 작년에 생각지도 않았던 난꽃이 피었다 진 뒤

'기다림도 그리움도 키우지 않고 무심히 세월을 흘러보냈'는
데 또 생각지도 않게 꽃이 피었다 진 뒤 이제는 '다시 꽃이
피기를 기다려야 한다.'고 말한다. 그것도 '그 찬란한 슬픔의
꽃을, 그리고 다시 피지 않을 나의 젊음을……'이라고 온갖
정서와 정성을 다하는 마음까지 표출시키면서. 올해의 기다
림은 작년과는 정반대이다. 왜 그럴까. 그것이 인간의 마음
이니까 그렇다. 이를 과장한 것이 '조변석개'이고 여자에게만
적용한 것이 '바람에 날리는 갈대와 같이 항상 변하는 여자
의 마음'이다.

　우리는 여기에서 김영랑의 〈모란이 피기까지는〉의 기다림
이 다만 '그 찬란한 슬픔의 봄'만을 기다림이 아니라 '다시 피
지 않을 나의 젊음'에 대한 아쉬움까지를 포함한다는 그 심
오한 의미를 독해했다. 여태 꽃 이야기만 하는 줄 알았는데
엉뚱하게 가고 오지 않는 젊음까지 발전하는 것도 또한 구조
적 아이러니이다. '찬란한 슬픔'의 모순형용도 서로가 어긋나
는 언어적 아이러니의 일종이라 할 수 있을 것이다.

　〈잣대의 눈금〉은 밤꽃 냄새가 촉발시킨 향기와 악취가 결
국은 한통속의 각각 다른 관점의 차이에 불과하다는 것을 설
파한 뒤에 '올여름 무더위의 시작을 알리는 건지, 자기 존재
를 증명하는 것인지 뻐꾹새가 요란을 떤다. 뻐꾹새가 우는
것인지 노래하는 것인지 난 잘 모르겠다.'고 판단을 보류하
는 맺음으로 마친다. 그러니 아예 '왜 사냐건 웃지요(김상용

〈남으로 창을 내겠소〉' 투로 논리학에서 일컫는 판단보류를 활용하여 판단하지 말고 그냥 그렇게 살자는 것인지, 하여튼 위험한 결론을 내리면서 능청을 떠는 것이다. 이는 그 의도가 무엇인지가 알쏭달쏭한 구조적 아이러니이다.

다음의 예문들은 전체적인 구조는 아니지만 부분 부분이 모순되면서 서로를 보완하는 아이러니의 일종이다.

> 여자 혼자의 힘으로 자식 넷을 건사하며 겪어야 했던 고통과 질시 그리고 서러움, 외로움, 그리움. 스스로도 자랑스러웠을 남보다 뛰어난 재주를, 그 재주가 넘쳐 가슴에 활화산같이 분출하는 꿈을 사장시킬 수밖에 없었던 한恨과 한限들을 언니는 용케도 잘 견디어냈다.
>
> — 〈한 줄의 시〉 중간 부분

> 삶의 여유나 여력이라고는 하나도 없는 언니의 건조한 가슴을 조금이나마 촉촉함으로 적셔준 것이 바로 '한 줄의 시'가 아니었을까. 그러나 무엇보다도 그런 역경에서도 시심을 잊지 않고 살고 있는 언니의 노년이 한 편의 시보다 훨씬 아름답다.
>
> — 〈한 줄의 시〉 끝 부분

이 섧고도 감동적인 언니의 이야기를 어떤 것은 한 어휘만으로, 어떤 것은 수식어를 첨가한 몇 마디의 어휘로 수위 조절을 하면서 그 정서나 감정이나 의지나 사실을 적절한 순서로 배열하여 열거한 뒤에 그런 언니가 한 편의 시에 매달리는 데서 시의 위력을 보면서 오히려 이런 언니의 노년이 그 시보다 훨씬 아름답다고 판단한다. 물론 이 판단이 자연스러운 듯하지만 논리적으로는 갈등을 빚는다.

겨울에 이어 이 봄까지 말라비틀어진 잎을 놓지 않고 움켜쥐고 있는 떡갈나무는 죽음을 목전에 두고도 삶에 대한 애착을 버리지 못하고 안간힘을 다하는 노인 같다. 나무든 사람이든 뒤에 오는 세대를 위해 떠나야할 때 미련 없이 떠나주는 것이 미덕이지 않겠나 싶다. 이런 생각을 하고 있는데 떡갈나무 잎 하나가 내 어깨를 툭 치고 떨어진다.

— 〈건지산 사계〉

지천명을 지나 이순에 접어드는 나이이건만 자신의 마음 하나 다스리지 못하고 열이 오르니 참 한심하기 그지없다. 아직도 마음수련이 안 되었음이다.

— 〈잠 못 이루는 밤〉

창문을 열어 바람을 들인다. 어느새 귀가 순해졌는지 바람 소리가 청명하다. 그러나 잠은 아예 달아나버린 모양이다.

— 〈잠 못 이루는 밤〉

〈건지산의 사계〉에서는 제 분수를 모르는 나뭇잎의 노추를 탓하는데 그 즉시 알았다는 듯이 떨어지는 낙엽의 이야기이고, 〈잠 못 이루는 밤〉에서는 지천명을 지나 이순에 접어드는 나이이건만 자신을 다스리지 못하는 수양 부족을 탓하는데 글자 그대로의 이순을 이루어 청명한 바람 소리를 듣게 되지만 그런데도 잠이 오지 않는 모순의 이야기이다. 이들 역시 이런 구조적 아이러니를 지니고 있다.

> 나를 가둔다. 최대한 생활을 좁혀 감옥을 만든다. 마음 안에 수인번호도 붙여주었다. 스스로를 다잡기 위한 방편이다.
>
> — 〈자유로운 구속〉

> 밖에 나가 몸을 움직이면 기분이 전환된다는 것을 알긴 한데 이젠 그냥 귀찮다. 아무도 만나고 싶지 않다. 단기적인 회피는 보약이 되기도 하는가 보다. 아, 오늘도 나 **혼자 춤추고 노는 날이다. 탱탱한 무언가가 차**오른다. 그러나 '너희는 이름 좋은 자유에 알뜰한 구속을 받지 않느냐.'라고 만해 스님은 말했다.
>
> — 〈자유로운 구속〉

이 수필은 지나친 외출이 방종인 듯싶어 이를 삼가하니 오히려 자유스러워 춤을 출 듯한 기분이 되었다고 내내 기술하고는 끝은 '너희는 이름 좋은 자유에 알뜰한 구속을 받지 않느냐.'라고 '만해 스님은 말했다.'로 맺어 어느 것이 자유고 어느 것이 구속인지 분별할 수 없고 그 자유와 구속 중에서 어느 것이 진실인지 모호하게 결론하여 차라리 독자가 알아서 나름대로 선택하라는 투로 독자에게 그 선악의 선택권을 부여한다.

이렇게 나름대로의 논리로 어떤 이야기를 전개해 나가다가 갑자기 엉뚱한 이야기를 꺼내어 김을 빼게 하는 것을 낭만적 아이러니라 한다. 사실 인생이 그렇게 일사불란한 것만도 아니지 않는가.

〈전화 오셨습니다〉는 실컷 열을 올리면서 어법에 맞지 않는 과도한 존대말 사용을 힐난하는 글을 전개하다가 끝은 '때마침 교수님의 핸드폰이 울린다. 시 쓰는 한 친구가 못 알아들은 교수님한테 교수님, 전화 오셨습니다 한다. 또 때마침 내 전화도 울린다. 글쎄 교수님 전화는 오셨는데 하찮은 내 전화는 어떤가, 그냥 온 것인가.'라고 맺는다. 어차피 세태가 그럴 바에야 거기에 편승하고 순응하여 자신도 대접받겠다는 것인지 의심하게 된다.

〈부끄러운 풍요〉는 신발이랑 옷이랑 넘치는 풍요가 부끄러워 이를 자제하고 개선해야겠다고 다짐하는 듯한데 끝은 '그런데 오늘 아침 큰딸애가 사서 보낸 원피스 하나가 또 배달되었다.'로 맺어진다. 뜻대로 되지 않는 것이 인생이다. 그리고 사실 그렇게 풍요를 부끄러워했다 한들 제 버릇을 누구에게 준단 말인가. 이러한 속뜻을 이런 낭만적 아이러니로 표현한 것이 아니겠는가.

신비평에서는 아이러니를 내포한 문학이 그렇지 않은 문학보다 우수하다고 한다. 시는 아예 아이러니로 짜야 한다고도 말한다. 인생은 동전의 양면처럼 겉으로 표출되는 일면만 있는 것이 아니라 속으로 숨겨진 또 다른 면이 있다. 아이러니는 표면과 이면의 모순되고 대립적인 실상을 함께 표현하여 폭로함으로써 진리에 가까이 다가선다. 현대문학에서는 한 편의 작품을 여러 목소리로 짜는 경향이 있다. 그 다성적 목소리 가운데 하나든 그 이상이든을 택하는 것은 독자의 몫으로 남긴다.

4

시가 시인 자신이 아닌 퍼소나를 내세워 말하게 하고 소설이 각각의 인물을 등장시켜 행동하게 하는 반면 수필은 거의 대부분 수필가 자신이 나와 자신의 이야기를 한다. 그러므로 수필은 가장 진솔하게 자신을 드러내는 문학형식이다. 그렇더라도 우리들은 일기에서조차도 부끄러운 이야기는 차마 쓰지 못하거나 거짓으로 쓰기도 한다. 일기가 그렇거늘 참회록의 얼마 정도가 거짓도 가감도 없이 사실을 사실 그대로 보이는지 모른다.

진실을 의심하지 않을 글이 없을 테지만 그래도 수필만은 일단은 거짓이 없다고 믿는다. 우리는 우선 이 진실에 대한 믿음이 우리를 수필로 안내한다고 본다. 작가는 혼자 새초롬하지 않고 꼼하지 않고 모두와 소통을 시도하기 위하여 수필을 쓴다. 수필은 언어를 매개로 한다. 우리는 언어로 대화 창구를 마련한, 이 열린 문을 통하여 작가의 삶을 보고 인격을 보고 문학을 본다.

작가는 문학의 매개체인 언어에 탁월한 능력을 부리고 있다. 시 못지않게 미적 쾌감을 환기하는 언어를 취사선택하여 수필을 아름다운 언어구조물로 축조한다. 이에는 우리말이 수용할 수 있는 용량의 토박이말, 외래어, 신어, 비속어, 곁말, 유행어, 관용어, 한문성구 등 다양한 종류의 어휘가 동원되어 때로는 각각 제자리를 찾고 때로는 함께 열거 나열되어 예스럽고 향토적인 빛깔을 띠는가 하면 현대적이고 서구적인 칼라를 펼치기도 하면서 갈등과 조화를 빚는다.

아이러니는 이 작가의 진실성을 보증한다. 시작과 끝이 상충되는 구조적 아이러니는 사고가 고착되지 않고 진보 발전함을 의미하고, 처음의 진지성이 뒤에서 부정되는 낭만적 아이러니는 과연 어느 것이 진실인가, 진실일 수 있는가를 찾아

헤매는 순례의 기록이다. 기껏 50대의 여인이 지천명일 수 있을까마는 그래도 이에 접근을 시도하려는 기록이 이 수필집인가 한다. 그래서 '어처구니 없다.'라는 부정적인 의미를 '어처구니 있다.'라는 긍정적인 의미로 변용하여 여기 ≪내 안의 어처구니≫를 낳았다.

이정숙 수필집

내 안의 어처구니

인쇄 / 2012년 12월 6일
발행 / 2012년 12월 13일

지은이 / 이 정 숙
발행인 / 서 정 환
발행처 / 수필과비평사

출판등록 / 1984년 8월 17일 제28호
주 소 / 서울시 종로구 익선동 30-6
          운현신화타워 빌딩 3층 301호
전 화 / (02) 3675-5633, (063) 275-4000
팩 스 / (063) 274-3131
E-mail / essay321@hanmail.net

값 13,000원

ISBN 978-89-97700-00-4 03810

※ 저자와 협의, 인지는 생략합니다.
※ 잘못된 책은 바꿔 드립니다.

※ 이 책의 발간비 일부는 전라북도문예진흥기금의
   지원을 받았습니다.